悪役令嬢になりました。

黒田悠月

Yuzuki Kuroda

JN045108

レジーナ文庫

登場人物紹介
フィム
ドッペルスライムという魔物で、人や動物の姿を模倣する能力を持つ。エリカと使い魔契約を結ぶことに。
カイル
数々の女性と浮名を流している、隣国からの留学生。攻略対象の一人だが、カノンにはまったく興味を示さず、むしろエリカに構ってきて——？
エリカ
乙女ゲームの悪役令嬢として生き返った元オタクゲーマー。破滅エンドを回避するため、ゲーム知識とチート能力を駆使して奔走中。
クロ
食いしん坊な黒猫。怪我をしていたところをエリカに助けられ、そのままペットになる。

ティオネ
演劇部の花形部員。天使のような愛らしい見た目に反して、実は腹黒い一面も……
マリア
演劇部の花形部員。主に男役を務めており、女性から絶大な人気を誇る。カイルの従妹でもある。
アーサー
攻略対象の一人で、グレンファリア王国の王太子。カノンにぞっこんで、悪役令嬢であるエリカのことをなにかと敵視している。
カノン
乙女ゲームのヒロイン。身分は庶民だが、聖属性の魔力を持っており、聖女候補として特別扱いされている。

目次

悪役令嬢になりました。

プロローグ

「……七、八、九……じゅう、っと」

ゼーゼーッ、はーはー。

キッツい！　キッすぎる！

どんだけ体力ないんだ、この身体！

腹筋運動をしていた私は、うんしょっと気合いを入れて起き上がった。

長い金髪がふわりと揺れる。

壁に立てかけた姿見に映るのは、すらりとした手足に、白磁《はくじ》のような肌……ではなくて、顔もお腹も二の腕もポッチャリパンパン、ニキビの目立つ荒れた肌だ。

エリカ・オルディス侯爵令嬢。

それがいまの私である。

私はついこの間まで、日生楓《ひなせかえで》という名の日本人で、フリーターだった。

高校を卒業後、進学せずアルバイトに没頭《ぼっとう》。給料を乙女ゲームに注《つ》ぎ込み、たまにネット仲間のオフ会に顔を出す日々を送っていた。

そんなある日、バイト帰りに交差点で信号待ちをしていたところ、突然トラックが突っ込んできて撥《は》ねられてしまった。

そして、死んだのだ。

ライトノベルでよくあるパターンなら、そのあと異世界に転生し、なにかのきっかけで前世の記憶を取り戻しましたーっ！　ってところだろう。

私の場合は、ちょっと違う。

異世界には来たけれど、転生したわけではない。

私、日生楓の場合は……
①死んだ
②自称神様とやらに会う（ありがち）
③生前はまっていた乙女ゲームの悪役令嬢の身体に魂を放り込まれる（↑いまここ）
ちなみにこの身体の持ち主《ぬし》だった悪役令嬢、エリカ・オルディスはというと、服毒自殺してお亡くなりになった。

死んだエリカの身体に日生楓の魂が入り込んで、私は生き返ったというわけである。

一

私は死ぬ直前、とても浮かれていた。

あの日は、私がドはまりしていた乙女ゲームアプリ『恋愛クライシス戦乙女《いくさおとめ》』の、大型アップデートの日だったから。

『恋愛クライシス戦乙女』こと『クラ乙《おと》』は、恋愛あり、バトルあり、育成ありのシミュレーションRPG《アールピージー》。バトルや育成はやり込み要素満載なため、女子にはもちろん、男子にも人気があるゲームアプリだ。

第一部の恋愛編がエンディングを迎えたあと、第二部のバトル編が幕を開けるという、乙女ゲームとしてはちょっと珍しい構成だった。

今回の大型アップデートでは、マップに新しいエリアが追加されて、新たな敵と攻略対象がお披露目《ひろめ》される予定となっている。

バイト帰りの私は、それを楽しみにしつつ信号待ちをしていた。耳にはイヤホンをつけて、『クラ乙』のサウンドトラックを聞きながら。

思えば、それがよくなかったのかもしれない。

頭はアップデートのことでいっぱいで、早く青に変わらないかと、目は信号に釘づけ。

だから、トラックが不自然な動きで近づいてくることに、気づけなかったんだと思う。

私の身体は、歩道に突っ込んできた大型トラックに撥《は》ね飛ばされて、近くの電柱に勢いよくぶつかった。

身体中が痛くて、熱くて、すぐに意識は途絶え……次に気がついた時には、真っ白でなにもない空間にいた。

そんな場所で目覚めたら、当然混乱する。

パニックに陥《おちい》ってあたふたしていると、声が聞こえてきた。

『あー、ちょっとごめんね？』

……っ！

誰？　なに、いまの声？

私はあたりをキョロキョロと見回した。けれど、周りには白い空間が広がっているだけで、誰もいない。

幻聴？　いよいよ私の頭ヤバイ？

なにかおかしなもの、飲み食《く》いしたっけ？

もしかして、クスリ？

いやいや、そんな身体に悪そうなモノ絶対口にしてません！　……よね？

『あー、うんうん。してないよ。とりあえず、ちょっと落ちつこうか。〝リラックス〟』

ワタワタする私の耳に、またどこからか声が聞こえてくる。すると、頭の中がスーとクリアになった気がした。

『えっと、まずはコンニチハ、かな』

「……はあ、こんにちは」

『ごめんね？　姿も見せずに話しかけて。でもいまのキミだと、ボクの姿を直視するだけで魂が壊れてしまうかもしれない。だから声だけで失礼するね？　――ボクは、キミたちが言うところの、神様という存在です。もしくは世界そのもの、かな？　まあわかりやすく神様ってことにしとこうか。うん、神様です』

「神……さ、ま」

私は聞こえてきた言葉を繰り返す。

あれ？　結構驚愕《きょうがく》の事実を知らされた気がするけど、私、あんまり動揺してない？

『神様って言っても、キミのいた世界とはまた別の世界の神だけどね。「恋愛クライシス戦乙女」って知ってるよね？　キミが夢中でプレイしていたゲームアプリ。アレとソックリ……というか、そのままを再現した世界の神です』

——『恋愛クライシス戦乙女』。

その名称を聞いた私はまず、『アップデート！』と心の中で叫んだ。

この状況で、なにより先にそれが頭に浮かぶとか、オタクの鑑《かがみ》ですね！

ってたぶん、混乱してちょっとおかしくなっているだけだけど。

そんな私に、自称神様はさらなる爆弾を投下した。

『気の毒だけど、アップデートは諦《あきら》めてね。キミ、もう死んじゃってるから』

はい？　いまなんと？

っていうか、私の考えてること読みとられてる⁉

『よーく思い出してみてよ。バイト帰りに駅前の交差点で、歩道にトラックが突っ込んできたでしょ？』

駅前？　歩道？　トラック？

私の頭の中には、確かにそれらの記憶があった。

だからなのか、自称神様の言葉は不思議なほどストンと落ちてきて——

あ、そっか、私死んだんだ。

そう納得してしまった。

『うん、即死だったね。でね、確認なんだけど……キミ、子供の頃に古いお社《やしろ》のそばで、怪我をした白猫を助けたことあるでしょ?』

「猫? シロのこと?」

自称神様が言っているのは、たぶんお婆《ばあ》ちゃんが飼っていた猫のことだろう。

お婆《ばあ》ちゃんの家の近所に小さな古いお社《やしろ》があって、私は幼い頃、そこで怪我をした白い子猫を見つけた。

私はその子猫を家に連れ帰り、泣きながらお婆《ばあ》ちゃんに助けを求めて、動物病院に連れていったことがある。

その後、子猫は元気になってシロと名づけられ、お婆《ばあ》ちゃんの家で飼われていた。

『うん、そのシロだよ。シロはね、実はキミの世界の神の使いだったんだ。で、キミの世界の神が、シロを救ってくれたお礼をしたいんだって。とはいえ、自分の世界でキミを生き返らせてあげることはできない。そこでボクのところに相談がきたってわけ。というわけで、キミをボクの世界で生き返らせてあげることになりました~』

軽い。言い方、軽いって! ってか私の意思は!?

いや、生き返らせてくれるなら、それはいいことなのか?

私はまだ十九才。もっと生きたかったし、やりたいことだっていっぱいあった。

だけど、急に「別の世界で生き返らせてあげます」とか言われても、複雑というかなんというか……

『この話は、ボクにとっても渡りに船だった。実はボク、ちょっと困っていてね。キミに助けてもらいたいんだ。ボクの世界は、上位世界にあったゲームをモデルにして作ったんだけど、未熟でまだ安定していない。バグもあるしね。だから発展を促《うなが》すために、ある期間を何度も繰り返しているんだ。あ、ちなみに上位世界っていうのはキミがいた世界のことだよ』

ちょっと待って。つまり私が生まれ変わるのは、『クラ乙』の世界ってこと？

でも、ある期間を繰り返してるって、どういう……？

『本題はここからだよ。このループは、今回でようやく最後にできる予定だった。だけど、絶対必要なキャラが自殺したおかげで、下手したら世界が壊れかねない状況なんだ。そこで、キミにお願いがある』

なんだか嫌な予感しかしない。

私はゴクリと唾を呑んで、次の言葉を待った。

『悪役令嬢のエリカ・オルディスになってほしいんだ』

……は？

『クラ乙』におけるエリカは、攻略対象である王太子の婚約者候補。しかも、最有力候補だった。

けれど、ヒロインであるカノンが現れ、王太子はエリカを差し置いて彼女との仲を深めていく。それを目の当《ま》たり《あ》にしたエリカはカノンをいじめまくるのだが、最後は断罪されて死刑になるという流れだ。

カノンが王太子を攻略しなくても、エリカはなにか別の理由をつけて彼女をいじめるので結末は同じ。

つまりエリカは、カノンがどのルートを選ぼうが、最後には必ずお亡くなりになるという、ある意味とってもお気の毒なキャラクターだ。

そのエリカになれだって？

『いやあ、ちょっとした手違いっていうか……エリカが、カノンと王太子がイチャイチャしているところを目撃して、自殺しちゃったんだよね。だけど、エリカには本来あるべき時期まで生きていてもらう必要がある。そうしないと、世界が崩壊しかねないんだ』

だったら、エリカを生き返らせればいいじゃない。

神様なんだから、それくらいできるんじゃないの？

『もちろんできるよ。だけどそういうわけにはいかないんだ。実は、エリカの魂がかなり磨耗《まもう》しちゃっててさ。何度も……それこそ何百回と生まれ変わってはフラれて、最後には死刑になるっていうのを繰り返したからかな？　まあ、魂が摩耗《まもう》した理由はなんであれ、そのまま蘇生《そせい》させるのは流石《さすが》に可哀想だから、少し休ませてあげたいわけ。――ということで、キミには彼女の代わりに悪役令嬢になってもらうね』

つまり本物のエリカの魂を休ませるために、代わりの魂が必要ってこと？　だから私の魂を彼女の身体に放り込むって？

ちょっと待て！　そんなの流石《さすが》に勝手すぎないか!?

全力でツッコミを入れるけれど、自称神様は私を無視して話を続ける。

『キミが生き返るのは、恋愛編がはじまって、しばらく経った頃だね。カノンは順調に攻略を進めていて、ちょうどメイン攻略キャラのアーサー王太子といい感じになっているところだ。キミには、おわびにいくつかチートをつけておくから、あとはよろしく！

あ、なんなら聖女になってもいいよ！　バグも倒しちゃって！』

待って待って待って！　倒すってどういうこと？　いったいなにをどうすれば!?

ってか私？　私が倒すの？　その、バグってのを？

そもそもバグってなに!?

『んー、とりあえずはエリカが生きていればいいかな。本来あるべき時期まで、彼女が世界に存在していることが大切なんだよ。悪役令嬢エリカ・オルディスは、それだけ重要なキャラなんだ。わかるでしょ？』

まあ、確かに……エリカなしの『クラ乙』なんて考えられない。そんなのもう、『クラ乙』とは呼べないよ。

『クラ乙』では、恋愛イベントの七割にエリカが絡んでいる。彼女がいなければ、カノンがただイケメンたちとイチャイチャするだけのゲームになってしまうだろう。

やっぱり邪魔者がいてこそ、カノンの恋が盛り上がるってもんでしょ。

とはいえ、自称神様が言いたいのは、そういうことではないらしい。

『エリカ・オルディスの存在自体が、世界の基盤の一つなんだよ。エリカとカノン。この二人には、恋愛編の最後まで生きていてもらわなくちゃならない。でないと、世界が変質してしまう。というか、バグのせいですでに変質してきてるんだ。本来はエリカが自殺するなんて、絶対ありえないはずなんだよ』

ふむふむ。えっ？　で、バグってなんなの？

『その……ザザザ……原因こ、ザザ、が……バグ……ザザザザザ——』

ん？　なに？

『ザザ……さが……ザー……イレ……ザザザザ、ラー、恋愛ルー、ザザ……聖……ザザザザザザ……』

え？　ちょっと？　さっきからノイズがすごくて聞こえないんだけど！

『ザザ……の変質を、ザザザ……最後までちゃんと終わらせて』

後半ほぼ意味不明だし！

なんとか自称神様の声を聞こうとするも、なぜか気が遠くなっていく。

お礼とか言っておきながら、バッドエンドオンリーの悪役令嬢として生き返らせようだなんて、こいつ……絶対ロクなやつじゃない。神様というより悪魔だよ！

私は自称神様にムカムカしているうちに意識を失い、エリカ・オルディスとして目を覚ましたのだった。

「しっかし体力なさすぎでしょ」

エリカになって、一週間。

王都にあるオルディス侯爵邸の自室で腹筋運動をしていた私は、肩でぜーはーと息をした。

ベッドサイドに置いてあったコップに水を入れ、一気に喉へ流し込む。

うっまい！

ミネラルウォーターとか比べ物にならないね！

「ぷはあ！」

手の甲でぐいっと口元を拭《ぬぐ》って、コップを持ったまま伸びをした。

やっと軽い運動くらいならできるようになったけど、思い返せばこの一週間は大変だった。

私がエリカの身体で目覚めたのは、彼女が服毒自殺して、自称神様が身体を蘇生《そせい》させた直後。

その時のしんどさったら、もう半端なかった。

私の魂がエリカの身体に入った時には、一応体内の毒は除去されていたようだ。だから、すぐにまた死にました、ってことはなかったんだけど……

頭痛に吐き気に目眩《めまい》。

一気に襲いくるそれらに、もう一度死ぬかと思いましたよ。ええ、ホントに。

生き返らせるなら、きちんと健康体にしてほしい。

中途半端なケアしやがって。

おかげで、三日三晩ベッドで苦しむハメになった私。

なんとか回復したと思ったら、今度は姿見で自分の姿を確認して、「あれ？　誰コレ？」

と驚くことになった。

私が知っているエリカの姿とは、あまりにも違ったのだ。

『クラ乙』のスチルで見たエリカは、悪役令嬢なだけあって結構な美人さんだった。

ちょっとキツめな空色の目に、小ぶりな桜色の唇。軽くウェーブがかかった金髪は美しく、肌は白磁《はくじ》のよう。

胸はあんまりないけど、手足は長くてしゅっとしており、腰はしっかりくびれていた。

が、しかし。が、しかし、だ。

私が鏡で見たのは、ニキビ面《づら》の、ちょっとばかり残念なおデブさん予備軍のエリカだった。

髪は美しく、顔立ち自体は確かに美人系だ。けれどこれでは、「誰コレ？」と思うのも無理はない。

というわけで、ダイエットをすることにした。

だって、せっかく美人さんになったんだよ？

どうせこのまま生きていかなきゃならないんなら、楽しみたいし、素敵な彼氏も欲しい。

もちろん、破滅エンドなんてもってのほかだ。

全力で回避して、ハッピーな美人さんライフを送ってやる。

そう意気込んではみたものの、いまのエリカの身体では、腹筋運動を二、三回するのがやっと。

ベッドから起き上がれるようになって数日経つけれど、まずは体力をつけなければ話にならない。

幸い、学園は長期休暇中。

なので、この休み中にじっくり肉体改造に取り組もうと思う。

ちなみに学園というのは、王立貴族学園のことで、エリカは現在一年生。

この国——グレンファリア王国の貴族は、十五才からの二年間、この学園に通うことを義務づけられている。

いまは、ちょうど一学期が終わったところで、夏休み中ってわけ。

その時、コンコン、と控えめなノックの音がした。

私は慌ててワンピースの皺《しわ》を伸ばし、ソファに腰を下ろす。それからふう、と一息ついて、よそ行きの声を出した。

「どうぞ」

私はグレンファリアの言葉でそう言った。

日本語とはまったく違う言葉だけど、頭の中にはエリカの記憶があるので不便はない。

「失礼いたします。お嬢様、仕立屋が参りました」

恐る恐る顔を覗《のぞ》かせたのは、私つきの侍女リリーナ。

地味なメイド服に、きっちり引っ詰めたお団子頭《だんごあたま》。瞳は髪より少し明るい琥珀《こはく》色で、奥二重《おくぶたえ》の目は化粧のせいか、やや腫《は》れぼったく見える。

メイクをちょっと変えれば、かなり雰囲気がよくなると思うんだけどね。

もったいない。

この世界のメイクは、あまりイケてない。

エリカの記憶によると、この世界の化粧品はずいぶん現代的だ。

日本のものと名称や原料は違うけど、マスカラやつけまつげ、アイライナーだってある。

ただ、道具があっても、技術がないっていうか……誰も彼もベタ塗りの厚化粧なのだ。

ゲーム中に表示される一枚絵――ゲームスチルのエリカやカノンは目鼻立ちがはっきりしていたから、厚化粧でもそれなりに映《は》えるだろう。

だけど、リリーナみたいな奥二重《おくぶたえ》の人が厚塗りすると、瞼《まぶた》の厚さが余計に強調されちゃうんだよね。

「お、お嬢様……？」

リリーナはいまにも逃げ出しそうなほどビクビクしながら、こちらの様子をうかがっている。

おっと、しまった。つい、じっと見つめてしまっていたよ。

私はなんでもない顔で「わかったわ。すぐに行きます」と言って、ソファから立ち上がった。

彼女がこういう態度なのには理由がある。

エリカ・オルディス侯爵令嬢が、それはもう、絵に描いたような悪役令嬢だったからだ。高飛車《たかびしゃ》でプライドが高く、我儘《わがまま》。

しかもエリカはこの数ヶ月、ある出来事のせいでものすごく精神不安定だった。

それこそ、自殺するほどに。

不安定だった時期に、彼女は自分つきの侍女たちに当たり散らし、三人を辞めさせ、二人に逃げられている。

代わりに雇われたのが、リリーナだ。彼女はエリカが自殺する三日前に、侯爵家にやってきた。

本物のエリカと接触した三日間のせいで、最初は常にビクついていたけれど、最近はたまーに笑顔を見せてくれるようになってきた。

とはいえ、基本的にはまだこうしてオドオド、ビクビクしている。

なんとかいい関係を構築したいんだけどなぁ……

前途多難なようですね、はい。

二

「お寒くはないですか？　お嬢様」

「大丈夫よ。ありがとうリリーナ」

私がエリカに生まれ変わって、二週間が経つ。

この日私は、侯爵邸の美しく整えられた庭で、午後の紅茶を飲んでいた。

東屋《あずまや》のベンチにクッションを並べ、そこに身を預けながらティーカップを傾ける。

優雅だ。日本人だった頃と比べたら、考えられない優雅さですよ。

ただし、私の服装は優雅とは言いがたい。

上はトレーナーっぽい生地の長袖。下は同じ生地のズボンで、裾《すそ》は紐で絞《しぼ》っている。

侯爵家御用達《ごようたし》の仕立屋に無理を言って、わずか三日で作ってもらった運動着——スウェットだ。

これに柔らかい布の靴を履《は》き、長い髪はポニーテールにしている。

この二週間、私はリリーナとの関係改善に努めながら、部屋に引きこもって『クラ乙』の年表や人物相関図を作ったり、腹筋運動やスキンケアに取り組んだりしていた。

その間に顔を合わせたのは、リリーナのみ。

この世界に慣れるまでは、なるべく人と接触したくないからね。

ちなみに、エリカの両親とも会っていない。

オルディス侯爵家は、貴族の中でもかなり有力な一族だ。エリカの叔父《おじ》は、グレンファリア王国の国教であるファルティアーサ神教会の教皇で、母は王族の血を引いている。

そんな名門貴族の当主を務めるエリカの父、オルディス侯爵は、領地の本邸に住んでいる。

母はエリカとともにここ、王都の別邸に住んでいたのだけれど、エリカが当たり散らすものだから、ノイローゼになってしまった。いまは静養のため田舎で暮らしている。

元お嬢様の侯爵夫人には、荒《すさ》みきったエリカの相手は荷が重かったらしい。エリカの記憶には、どんどんやつれていく母の姿が残っていた。

そんな事情もあって、私はエリカの両親と積極的に関わろうとはしていない。

彼らのほうも、あまりエリカと関わりたくないようで、見舞いにも来なかった。

娘が自殺を図《はか》ったっていうのにその対応はどうかと思うけど、エリカの身体に入り込んでしまった私としては、本物の彼女をよく知る彼らがいないほうが、正直助かる。

それに、エリカの父や母が自分の親だという感覚は薄い。

エリカとして生まれ変わった以上、これからは彼らが自分の両親なのだと、頭ではわかっているのだけれど……

それでもまだ、私は日本の両親のことを思い出してしまう。

――お父さん、お母さん。

つきん、と胸の奥が痛んだ。だけど、私はそれを無視した。

いまはダメ。考えない、考えない。

ぎゅっと目をつむって、心に蓋《ふた》をする。

そんな私の様子に気づいてか、リリーナがそっと声をかけてきた。

「紅茶のおかわりをお淹《い》れしますか？」

カップの中の紅茶は、少なくなっている。

「いいえ、そろそろ休憩は終わりにするわ」

私はそう答え、残った紅茶を飲み干した。

東屋《あずまや》で優雅にお茶をするために、わざわざ運動着を着て庭に出てきたのではない。

本当の目的は、この広大な庭でウォーキングをすること。

花壇に囲まれた東屋《あずまや》が魅力的だったので、つい早々に休憩してしまったけれど、そもそもの目的は忘れていない。

「行くわよ！」

気合いを入れて、私は歩き出した。

エリカはほとんど運動らしきものをしたことがない。やっても、ダンスの練習くらい。その上、ここのところはずっと部屋に引きこもっていたから、ちょっと……いや、かなり運動不足だ。

だから今日は、無理がない程度の速度で、庭をぐるっと一周するつもり。

ダイエットのためとはいえ、一人で歩くのはさみしいし、付き合ってくれるリリーナに感謝だね！

美しい花を眺めながら広い庭を歩き、そろそろさっきの東屋《あずまや》まで戻ってきたかな、という頃。

小さな声が聞こえて、私は立ち止まった。

……ん？

「どうかしましたか？」

リリーナは気づかなかったようだ。

「声が聞こえるわ……」

私はあたりを見回したけど、人の姿は見当たらない。

周りに視界を遮《さえぎ》るようなものはないから、誰かいたら必ず見えるはずなんだけど。

『痛い。痛い。痛い』

声がまた聞こえてきて、私はそちらに足を向ける。すると、花壇の花に埋もれるように縮こまっている黒猫を見つけた。

「まあ。猫が入り込んでいたんですね。野良猫《のらねこ》でしょうか？」

そう言ってリリーナが首を傾《かし》げる。

『痛い。痛い』

どうやらこれは、この子の声らしい。

「痛がっているわ。どこか怪我をしているのかも」

この子の声、リリーナには聞こえていないみたいだけど、どうして私には聞こえるの？

私は内心の動揺を押し隠しながら、猫に手を伸ばした。

ビクリと警戒し、毛を逆立《さかだ》てる猫。私は「大丈夫よ」と声をかけてから、そっと背を撫《な》でた。

『怖い。知らない人間怖い。怖い』

「怖いことはしないわ。大丈夫。怪我の手当てをしなくちゃ、ね？　そうすれば、痛くなくなるわ」

ゆっくり背を撫《な》でつつ、できるだけ優しく声をかける。

『……ホント？』

猫が不安げに見上げてくるので、私は安心させるようににっこり笑ってうなずいた。

そして、怪我をしている前脚に触らないよう気をつけながら、そっと抱き上げる。

その時、また別の声が聞こえてきた。

『わあ、血がいっぱい！　タイヘン、タイヘン』

声の主《ぬし》は、頭上を飛んでいった雀《すずめ》のよう。

どうやら私、動物の言葉がわかるっぽい。

でも、エリカにそんな設定あったっけ？

『クラ乙』の設定っていうよりは、ライトノベルにありがちな設定よね。

いわゆるチート。

私はどちらかといえば、小説よりも、アニメやゲーム派だった。けれど人気の作品や、気に入ったイラストのものは、小説でも読んでいた。

その知識からすると、異世界に転生、あるいは転移する主人公には、特殊能力がつきものだ。

例えば、異世界の言葉や文字の意味が自動翻訳《ほんやく》されるとか、やたら高い魔力を持っているとか。

——動物や魔物と話ができる、ってのもあったわね。

そういえば……

ふと、自称神様との会話を思い出す。

『いくつかチートをつけておくから』

確か、自称神様はそんなことを言っていた。

そのチートの一つが、コレってこと？

そんなことを考えながら、ひとまず私は猫の怪我を治療するため、邸《やしき》の中へ向かった。

三

『や、体力なさすぎだろ』

腹筋運動を数回しただけで倒れ込んだ私に、黒猫が言った。

窓際で庭を眺めていた猫は、自慢の尻尾《しっぽ》をフリフリしながら私に近寄ってくる。

先日、庭で怪我をしていた黒猫――クロだ。

黒いから、クロと名づけた。

なにも言わないで。ネーミングセンスがないことは、自分が一番よくわかっている。

クロを拾ってから、五日ほどが経った。

クロの怪我は、私が癒《い》やしの魔法『ヒール』で治したので、もう傷痕《きずあと》すら残っていない。

この世界には魔力が満ちていて、それは人や動物たちにも宿っている。だからほぼすべての人々が、魔法を使えるのだ。

流石《さすが》ファンタジーの世界！

もちろん私も使えちゃいます。

魔力には、火、水、土、風の基本属性と、聖という特殊属性があって、人が持つ魔力もいずれかの属性に分類される。

一人の人間が複数の属性の魔力を持つこともあって、私の魔力の属性は聖と土と水の三つ。

どの属性を持つ人でも使える魔法もあるけれど、特定の属性にしか使えない魔法もあるらしい。ちなみに治癒魔法は聖属性を持つ人にしか使えない、ちょっとレアな魔法だ。もともと聖属性を持つ人は少なく、中でも聖属性を持つ少女は、聖女というものになれる可能性があるため、少々特別扱いされている。

乙女ゲームのヒロインであるカノンも聖属性持ちだ。

このあたりは、『クラ乙』の設定と同じだね。

いまのところ、この世界が『クラ乙』とそっくりであることは間違いなさそう。

そんなことを考えていると、クロが私の顔を覗《のぞ》き込んできた。

クロの身体は、リリーナに洗ってもらって、ブラッシングもしてもらった。なので、毛はふかふかのふわふわ。柔らかくて長い毛が、動くたびにふさふさとなびいている。

触りたーい！　いじり倒したーい！　モフモフしたーい！

筋トレも終わったし、抱っこさせてもらおう。

フフフ、絶対逃がさないんだからねっ！

だけど、身体はぐったりしたまま動かない。

『……おい、生きてるか？』

クロはそう言いながら、前脚で私の頭をてしてし叩いてくる。

ヒドい扱いだ。私、一応飼い主《ぬし》なんですけど？

「生きてるわよ。でも……癒《い》やし、癒《い》やしをちょうだい」

私は床にへばったまま、クロに手を伸ばした。するとクロはその手をすり抜けて、嫌そうな顔をする。

『気持ち悪っ！』

あっ！　こらっ！　逃げるな！

追いかける余力はないのよ！

「……クーローっ」

『やーだよっ！　そうやって、昨日も一昨日《おととい》も、ヒトのこと散々こねくり回しただろ！』

うっ、だってふわふわなんだもん！

お婆《ばあ》ちゃんが飼っていたシロだって、毛並みは柔らかくて気持ちよかったけど、クロの毛はね……もう、至福なんですよ。

「あとでお魚を進呈《しんてい》するから！」

『……お魚？』

ピクピクとクロの耳が動く。

よし、もう一押し！

「料理長に言って、新鮮な極上のお魚を用意してもらうわよ？　――ただし、モフモフさせてくれたら、だけどね？」

そう言うと、クロはしぶしぶといった様子で近づいてくる。その小さな身体を、私はさっと胸に抱え込んだ。

はぁ～ん♪　モフモフ♪

スリスリと頬ずりすると、疲れも吹き飛ぶね。

いやぁ、癒《い》やされる。

私は床に転がったまま、思う存分モフモフを堪能した。

さて、朝の運動が終わったところで、次の日課に移るとしよう。

「クロ、図書室に行くわよ」

ぐったりと床に伏せたクロに声をかけ、私は自室をあとにした。

オルディス侯爵邸の図書室は非常に立派だ。

部屋の広さは十二畳ほどで、壁一面に本棚が置かれている。

その中にびっしりと並ぶ、革張りの分厚い本。

この世界では本は高価なもので、貴族でもこれだけの蔵書を持っている家はなかなかない。

そんな図書室で、私はここ最近、毎日調べ物をしている。

読みかけだった本を棚から取り出し、部屋の中央に置かれた丸テーブルに座った。

陶器でできたこのテーブルには、手元を照らすために小さなランプが備えつけられている。

本を日焼けから守るため、図書室には窓がない。天井からランプが吊ってあるものの、それだけでは少し暗いのだ。

これらのランプには、魔石灯《ませきとう》という、蛍光灯のような役割の魔導具が用いられている。

ほんのちょっと魔力を注《そそ》ぐだけで、明かりを灯《とも》すことができる優《すぐ》れものだ。

この世界では、電化製品がない代わりにこういった魔導具が使われている。魔導具は自身の魔力や、それを溜め込む鉱石——魔石を使って動かすもので、ランプの他、冷蔵庫に似たようなものもある。

それなりに魔力のある人にしか動かせない上、超高価だけれど、自動車のようなものだってあるらしい。

テレビや、スマホはないけどね。

あぁ、テレビが恋しい……

……ううん、ダメダメダメ！　考えるのはナシ！

首を左右に振って、ランプに少しだけ魔力を注《そそ》ぐ。手元が柔らかい光に照らされ、私はしおりの挟んであったページを開いた。

クロはというと、テーブルの下に置かれた籠《かご》に入って丸まり、ふわぁと欠伸《あくび》をしている。そこが、図書室に来た時のクロの定位置だ。

クロが短い前脚で顔をゴシゴシする仕草に萌《も》える。

犬猫のこういう仕草って堪《たま》らない！

つい、またモフりたくなるけれど、いまは我慢だ。

ぐっとこらえて、視線を本のページに移した。

いま読んでいるのは、この国――グレンファリアの歴史書である。

自称神様は、ここは『クラ乙』をモデルにした世界だと言っていたけれど、そのままを鵜呑《うの》みにできるほど私は素直じゃない。

だから、確認がてら勉強しているというわけ。

この図書室にある書物や、エリカの記憶によれば、世界の歴史はこうだ。

ある時、暗黒竜と呼ばれる、危険な力を持つ巨大な竜が現れた。

それは、魔力の吹き溜まりから生まれたとか、人の負の感情から生まれたとか言われているけれど、はっきりしたことはわからない。

ただ、暗黒竜が生まれると、その負の力によって世界中で異変が起きる。あちこちで天災が起き、魔物が溢《あふ》れ、人の営《いとな》みや命を脅《おびや》かすのだ。

そんな中、苦難に見舞われた人々の祈りを受け、神が遣わしたのが四聖獣《しせいじゅう》と聖女だった。

聖女は四聖獣《しせいじゅう》の力を借り、暗黒竜を封印。

世界は無事、平和を取り戻す。

けれど、その封印は数百年に一度綻《ほころ》びができてしまうという、不完全なものだった。

そのため、封印が綻《ほころ》ぶたびに聖女が選ばれて、綻《ほころ》びを修復する役目を負うことに。

聖女についてまとめた本によると、彼女たちはグレンファリアに生まれた聖属性を持つ少女から選ばれる。聖女の選出は教会と王家によって行《おこな》われ、候補者の中でも特に魔力が高く、優《すぐ》れた人格の人が選ばれてきたみたい。

まあ、世界の命運を託すんだから、当然っちゃ当然か。

そうやって選ばれた聖女は四聖獣《しせいじゅう》のいる聖域に赴《おもむ》き、封印を修復するための古代魔法を四聖獣《しせいじゅう》から授《さず》けられる。

そして現在、暗黒竜の封印に綻《ほころ》びが生まれていて、新たな聖女が必要とされていた。

グレンファリアの国教である、フィルティアーサ神教の教会本部には、聖女が常駐している。

けれどこれは「聖属性を持ったグレンファリアの少女」の中から選ばれた、象徴としての聖女でしかなく、封印を修復する力はない。

本物の聖女は、四聖獣《しせいじゅう》に認められ、古代魔法を授《さず》かった者のみをさす。封印に綻《ほころ》びが生じはじめると、教会と王家が選んだ者が聖域へ赴《おもむ》き、四聖獣《しせいじゅう》たちに自らが聖女たりうるかうかがいを立てるのだ。

表向きには、エリカとカノンは教会本部に常駐する次の聖女候補だとされ、なにかと特別扱いされてきた。

けれど実際には、封印の修復を行《おこな》える可能性を持つ、本物の聖女候補なのだ。

これらも、『クラ乙』の設定とまったく同じ。

『クラ乙』は、ちょうど封印に綻《ほころ》びができてしまう時期を舞台にしている。

ゲームのプロローグは、聖女候補であるカノンの、学園への入学。

彼女が学園に通う中で攻略対象たちと恋をして、誰かと結ばれるまでが第一部恋愛編だ。

続く第二部バトル編では、聖女となったカノンが暗黒竜の封印を修復する旅に出る。その際、恋愛編で結ばれた相手が、勇者として同行するという設定だった。

悪役令嬢エリカとカノンは、王太子の婚約者候補としても、聖女候補としてもライバルなのである。

パラパラと本のページをめくりながら、私は深く息をつく。

『毎日そうやってため息つきながら読んでるけど、それって意味あるのか？』

籠《かご》の中でくつろぎつつ、クロが気だるそうに言った。

クロには、私がエリカの身体に入り込んだことや、自称神様から聞いた話など、すべてを話している。

いままでは私のいい相談役だ。あんまり役には立たないけど。

ただ、話を聞いてもらえるだけでも精神的に助かるよね。

「意味はあるはずよ」

現状把握は大切だ。

ここ数日で、貴族や王族の家系図を、私の知る『クラ乙』の設定と徹底的に比較。何冊もの本を読んで、この国や他国の情勢も学んだ。

結果、ここは『クラ乙』の世界でほぼ間違いないだろうという結論に至った。

暗黒竜や聖女の存在だけでなく、王侯貴族たちの名前や経歴、国の歴史など、すべてがゲームの設定と一致しているのだから。

ここが『クラ乙』と同じ世界であるということは、悪役令嬢のエリカ……つまり私を待っているのは、断罪イベントの果ての死刑。

大好きだった世界で生き返ったのに、よりによって破滅エンドオンリーの悪役令嬢って……

どうせなるなら、地味なモブキャラがよかった。

それなら、イケメン攻略対象たちのイベントを、脇から楽しく眺めていられたのに。

ヒロインになりたかったとは思わない。

だって『クラ乙』のヒロインであるカノンは、他の乙女ゲームヒロインと比べてもなかなか大変なのだ。

なんといっても第二部にはバトル編が待っている。

冒険や魔物との戦いがあるのよ！

戦うなんて絶対イヤ!!

だってグロいのは無理だもの……

それに、自分が攻略対象とイチャイチャしたいとも思わない。

イケメンや素敵イベントは、脇からコッソリ眺めているぐらいがちょうどいいのだ。

ああ、モブになりたかったな……

まあ、そんなふうに現実逃避しても仕方ないんだけどね。

「私はエリカ・オルディスなの。乙女ゲームの悪役令嬢。だけど、私はゲームのエリカと同じ結末にはなりたくない」

パタンと本を閉じた。

「だから、バッドエンドを回避するための策を練るわ」

それと、万が一断罪イベントを回避できなかった時のために、逃げ出す方法も考えておこう。

自称神様はバグがどうとかって言っていたけれど、なんのことかさっぱりわからないし、そっちはとりあえず保留。

私の新たな人生のことを考えよう。

自称神様によれば、エリカとカノンが恋愛編の最後まで生きていればいいとのこと。

これは完全に私の推測だけど、この世界は、暗黒竜の封印に綻《ほころ》びが生まれる→聖女が修復→数百年後に綻《ほころ》ぶ→また修復……というのを繰り返すことで、世界が発展・成長しているんじゃないかな。

つまり重要なのは、カノンが攻略対象とともに世界を救うこと。

そのために、エリカやカノンの存在が不可欠なのだろう。

理由はわからないけれど、少なくとも、エリカが本来断罪されるべきタイミングまで、生きていればいいって話には納得できる。

ゲームの設定では、エリカの断罪イベントは二つ存在する。

一つは、第一部の恋愛編が終わってすぐに断罪され、死刑になるパターン。

もう一つは、第二部バトル編のラスト、つまりゲームのエンディングで死刑になるパターンだ。

ゲームではカノンの選択によって、どちらのルートをたどることになるかが決まるんだけど……この世界では、どっちに転んでも問題ないんだろう。

恋愛編は、一年生の終わりまで。

いまはちょうど一学期が終わったばかりだから、エリカに残された時間は、最短で半年ちょっとということになる。

破滅エンドを回避するためには、すぐにでも動きたいところだ。

ここで私は、自称神様の言葉を思い出す。

自称神様は、私が聖女になってもいいと言っていた。

普通に考えて、これは教会にいる聖女ではなく、封印を修復する本物の聖女のことを言っているのだろう。

エリカが聖女になるなんて、ゲームのストーリーでは絶対にありえない。

ということは、必ずしもゲームのストーリー通りに動く必要はなく、エリカは必ずしも断罪されないといけない、ってわけじゃないんじゃないかな？

強引な理屈かもしれないけど、あながち間違ってもいない気がする。

まあ、だからといって、聖女になる気はないけどね。

『クラ乙』のストーリー通りに、カノンが誰かを攻略し、世界を救ってくればいい。

私を巻き込まずに、ね。

「ひとまず、カノンをこれ以上いじめない。攻略対象に近づかない。バッドエンド回避策としては、そんなところかな」

だけどよくあるライトノベルだと、悪役令嬢は結局主要キャラと関わっちゃうんだよねー。それで最後には攻略対象の一人とうまくいったり、ヒロインと仲よくなったりするのだ。

そううまいこと行くか？　……いや、行く気がしない。

すでにストーリーがはじまってそれなりの時間が経っている。自称神様の話とエリカの記憶によれば、現在カノンは王太子ルートを順調に進んでいて、エリカは破滅エンドまっしぐらだ。

「とにかく、死亡エンドだけは全力で回避。国外追放されるくらいの覚悟で、準備しとくか」

よしっ、と拳《こぶし》を握って気合いを入れた。

『ま、助けてもらったし？　少しは相談に乗ってやるよ』

つんと顎《あご》を上げてクロが言ったのを見て、私はくすりと笑った。

このツンデレめ！

「頼りにしてるわ。まあ、二学期がはじまるまでまだ一ヶ月あるし、とりあえずはダイエットよ！」

『や、それが破滅エンド回避とどうつながるんだよ』

呆《あき》れ顔のクロを、私はキッと睨《にら》みつける。

「あのね、見た目は大事なのよ？　周りの態度も変わるしね。いざという時、味方してもらいやすいのは、絶対美人さんのほうだと思うのよ」

だから、やっぱり痩《や》せようと思うのです。

一時間ほど図書室で過ごした私は、自室へ戻って昼食を取ることにした。
ボロが出ないようリリーナ以外の使用人との接触を避《さ》けるため、夕食以外は自室で取るようにしている。

本日の昼食は、アプリコットとママレードのジャムを添《そ》えた白パン、玉ねぎドレッシングをかけた温野菜サラダ、ベーコンとサツマイモのスープだ。

食後には、ハーブティーを飲んでまったり。

はあ、やっぱり優雅だわ。

私はハーブティーに口をつけながら、昼食の片づけをするリリーナを盗み見た。
どことなくソワソワした様子のリリーナ。食器を載せたワゴンを押して部屋を出ようとする彼女の足取りは、いつもより軽い気がする。

リリーナ、今日は昼からお休みなんだっけ？

確か昼食のあとから夜までは、別の侍女が代わりにつくと聞いた。

だから私は、その侍女を避《さ》けるべく、今日は図書室にこもるつもりだったんだけど……

「ねぇ、リリーナはこのあとどこかへ出かけるのよね？　誰かに会うの？」

好奇心が抑えきれず、私はリリーナに聞いてみた。

「……っ！　いっ、いえ……あの、その……友人に」

なるほど！　ぴんときましたよ？　男だね、これは！

友人だと言っているが、彼氏かもしれない。

だって、顔がほんのり赤くなっているもの。

いかん。ニマニマしてしまいそうだ。

「まあ、だったら早く支度しないとね。私のことなら、もう大丈夫よ？」

「いえ、支度といっても、普段着に着替えるだけなので」

生真面目《きまじめ》に答えるリリーナに、私は疑問を覚えた。

え？　普段着って……ちゃんとおしゃれするんだよね？

侍女の仕事は、お給金がいい代わりに休みはすごく少ない。丸一日休める日となると、月に一度あるかないか。半日のお休みでさえ、二週間に一度あればいいほうだ。

つまり、デートの時間はなかなか取れないはず。

ダメだよ！　ちゃんとおしゃれしないと！

「……リリーナ。着替えたら、出かける前にもう一度、この部屋に顔を出しなさい」

私はあえて硬い声を出して命令した。

「……え？」

戸惑いと、わずかな恐怖の入り混じった表情で、リリーナが見つめてくる。

「さあ、いますぐ着替えてらっしゃい」

そう言うと、リリーナは慌てて部屋を出ていった。

それから私は、化粧道具の入った小物入れをキャビネットから取り出す。

あのメイクでデートに行くなんて、絶対ダメ！

ホントは服装とかにも口を出したいんだけど、流石《さすが》に私のものを着るのはリリーナがためらうだろうし……

けど、メイクくらいならいいだろう。

うん。せっかくのデートなんだから、可愛くしてなにが悪い！

化粧道具を準備しながら、日本にいた頃のことを思い出す。

高校生の時、私はオタクであることを隠すため、周りの友達に合わせて必死でおしゃれしていた。

結局は途中でオタバレしてしまったので、それからは地味な格好をしていることが多かったんだけどね。

でも、がんばって習得したメイク術やおしゃれ知識は、いまもばっちり覚えている。

私は手にしたメイク道具をテーブルに並べながら、にんまりした。

まずは、リリーナの厚化粧を、すべて拭き取ってしまおう。

お化粧をし直して、ついでに髪も編み込めばいいんじゃない？

細かいカラーストーンのついたカチューシャとかをつけてみたら、もっと可愛いかもしれない。

そこまで考えて、はたと気づく。

そういえば、この世界にカチューシャってないよね。

エリカの記憶にそれらしきものはないし、ゲームのスチルでも見たことがない。

……ふむ。

メイクにカチューシャ、か。

こういうのって、もしかして商売にならないかな？

いざという時のため、私個人の資産を増やしておくのも悪くない。

なにより、ちょっと楽しそうじゃない？

リリーナが戻ってくるのを待ちながら、私はさっそく計画を立てはじめたのだった。

四

「……うーん」

次の日。私は自室のテーブルに座り、頬杖をつきながら唸《うな》っていた。

目の前には、一枚の紙が置いてある。

これは、『クラ乙』で起こるイベントを、時系列順にまとめたものだ。

こうして書き出してみると、どうもいくつか忘れているものがあるらしいと気づいた。

いつの、どのイベントが抜けているのかはわからない。だけど、なぜか足りないってことはわかるのだ。

『さっきから、なーに唸《うな》ってんだよ』

「クロ。起きたのね」

足元に置いたクッションの上で、クロが伸びをしている。

「イベントがさ、いくつか思い出せないんだよね」

私は手元の紙に視線を戻しながら言った。

これは、私にとって死活問題だ。

いつ、どこで、なにが起こるのかわからなければ、面倒事に巻き込まれてしまうかもしれない。

『んなことより、猫じゃらししてくれよ！　なあ、猫じゃらし!!』

猫って猫じゃらしで遊ぶのが本当に好きだよね。

でも、いまはしません。

ってかクロってば、ドンドン生意気になってきている気が……。拾った時は『人間怖い』とか言って震えてたくせに。

「あとでね。先に考えることがあるの」

『えーっ！　猫じゃらしは？』

テーブルにジャンプしてきて、紙の上に着地するクロ。

「こらっ！　紙を踏まないいっ」

ああもうっ、ぐしゃぐしゃになっちゃったじゃないか！

『なんだよ、考えることってー』

「もちろん、どうやって破滅エンドを回避するかよ。一番手っ取り早いのは、学園に行かないことなんだけど……」

ゲームの舞台である学園に、通わないという選択。

そうすれば、カノンにも攻略対象にも会うことはないし、彼女をこれ以上いじめようがない。

とはいえ、それはきっとエリカの両親が許さないだろう。

子息令嬢を王立学園に通わせることは、貴族に課せられた義務だ。それを果たさないとなれば、オルディス侯爵家の評判にも関わる。

学園に行くのを拒《こば》んだら、修道院送りにされかねない。

そうなれば結婚もできないし、それどころか修道院の外へ出ることも難しくなる。

流石《さすが》にそれはキツい。

や、死ぬよりはマシなんだろうけど……

それにもう一つ、不登校になることをためらう理由がある。

学園には、私が『クラ乙』で大好きだったキャラクターがいるのだ。

ティオネ・ブラン伯爵令嬢とマリア・コールディル侯爵令嬢。

彼女たちは、『クラ乙』に登場するサブキャラで、ネット上では二人のガールズラブ展開を妄想する会があったくらいの人気キャラだ。

私自身、この二人を拝《おが》むために、『クラ乙』をやっていたと言っても過言ではない。

この二人に比べたら、攻略対象たちなんか目じゃないのよ！

いや、命は大切ですよ？　でもね？　でもね？

やっぱりお会いしたい！　遠くからでいいから姿を拝《おが》みたい！

せっかく生《なま》で目にする機会があるのに、それを自ら手放すなんて、ファン失格もいいところでしょ！　ぐむむ……

「やっぱないわー」

修道院行きも、あの方々に会える機会を捨てるというのもありえない。

「となると、次に考えるべきは、学園でどう振る舞うか、かな」

私は今までのエリカについて、クロに説明する。

エリカは一学期の終わりにあったある事件……というかイベントによって、学園では完全にボッチだ。

そもそもなぜエリカが自殺するまでに追い詰められたのかというと……その原因はエリカ自身にある。

自業自得というか……エリカ、やりすぎたんだよね。

ニキビだの、体重だのが増えはじめたのは、彼女が自殺する数ヶ月前のこと。

ほんの数ヶ月で、誰もが認める美少女だったエリカは、ずいぶん変わってしまった。

きっかけは学園の入学式。

もっとも優《すぐ》れた者が集まる少数精鋭の特別クラスで、カノンと出会ったことにある。

学園の生徒は主に貴族なんだけど、中には寄付金をたくさん払った裕福な家の子供や、カノンのように聖属性を持っている者、厳しい試験を突破した特待生など、わずかだが平民の生徒もいる。

学園側は、学びの場において生徒たちは身分に関係なく皆平等だとしている。

けれど実際には平民の存在をよく思わない貴族の生徒がほとんどで、エリカも例に漏れず彼らのことを目障《めざわ》りだと思っていた。

そのうえカノンは特別クラスに入ることになり、エリカと同じ聖属性持ち。しかもエリカより高い魔力を持っていた。

入学式の日にそのことを知って、しかも周りの人間が自分よりもカノンに注目していることに気づき、エリカは彼女をいじめはじめる。

エリカは悪役令嬢らしい高飛車《たかびしゃ》な女王様キャラだ。けれど、王太子の婚約者候補として、幼い頃から美貌や教養を磨いて努力してきた。

だから、なんの努力もしていないカノンが、自分よりも高い位置にいることが許せなかったんだよね。

カノンをいじめればいじめるほど、王太子が彼女との距離を縮めていったのも耐えられなかったみたい。

そのことに苛立《いらだ》ってまたカノンに嫌がらせをするという悪循環が起きる。

それに便乗して、エリカの取り巻きたちもいばり散らすようになり——一学期のなかばだっていうのに、エリカは早くも孤立しちゃったんだよね。

そんな彼女にトドメを刺したのは、王太子の言葉だった。

——貴族の恥。

——顔も見たくない。

そんな言葉を、よりによってたくさんの生徒たちが溢《あふ》れる食堂で王太子は言った。

もう少し考えてあげてよ、と私は思う。

学園において、もっとも影響力のある王太子の言葉だ。

その一言で、誰もエリカに近づかなくなったばかりか、わずかにいたエリカの取り巻きの令嬢たちは彼女にすべての罪をなすりつけ、蜘蛛《くも》の子を散らすようにいなくなった。

せめて人目のないところで言ってあげてほしい。王太子には、自分の影響力ってものをしっかり自覚してほしいよね。

……まぁ、エリカの自業自得ではあるんだけどさ。

孤立したエリカは、ストレスで過食に走った。肌は荒れ、体重は増え続ける。

それでも王太子に会いたくて学園に通い続け……

一学期最後の日。

学園に行ったエリカを待っていたのは、仲よく寄り添《そ》い、笑い合う王太子とカノンの姿。

その夜、エリカは裏町で手に入れた毒薬をあおって自殺を図《はか》ったのだ。

——というわけで、学園にエリカの味方は誰もいない。

このまま誰とも深く関わらずに学園生活を送るというのもアリだと思う。

私は空気になってますんで、そちらはご勝手にどうぞー、ってなふうに。

ただ、それで破滅が回避できるのかというと、微妙なとこなんだよね。

すべてのイベントを思い出せていない以上、うっかり巻き込まれてしまう可能性がある。

それに断罪イベントは、カノンがそのルートを選択したが最後、エリカの意思では回避できなくなってしまう。

「とりあえず、カノンや攻略対象たちには近づかず、でも周りの評価は少しずつ改善していく方針で……しばらくはボッチのまま様子見かな？　少なくとも、カノンの動きには注意しておかないとね」

自分からストーリーに関わるのは避《さ》けたいけど、カノンの動向を把握しないわけにはいかない。

彼女の行動によって、私が取るべき対策も、断罪イベントの時期も変わってくるのだから。

「味方も作っておきたいところだしね……」

学園は、貴族としての社交を学ぶ場だ。そして、結婚相手を探す場でもある。

将来のために、生徒たちはより有力な家とのつながりを作ろうと奔走《ほんそう》するのだ。

特に今年は、王太子であるアーサー様が入学したので、なんとか彼と知り合いになろうと皆必死だ。

王太子は攻略対象の一人で、カノンが現在攻略中。

だから私の場合、王族との関係作りは諦《あきら》めるとしても、誰か信頼できる味方くらいは作っておきたいんだけど……

『ふーん、なんかよくわかんないけど。それだけか？　だったら猫じゃらししようぜっ！　ほら猫じゃらししてたら、忘れてるイベントとやらを思い出すかもよ？』

「……わかったわよ」

仕方ないので付き合ってあげますよ。

猫じゃらし。

ちょっとだけね。

私はクロの目の前で猫じゃらしを振りながら、ため息をつく。

「はあ、まだ他にも考えることはあるんだよ？」

猫じゃらししてる場合じゃないっての。

『なにを？』

「早急に考えないといけないのは、この家を抜け出す方法かな？」

『……は？』

私はクロを捕まえると、自分の膝に乗せて続けた。

「この前、いざという時のためにお金を稼げないかなって考えてたんだよね」

日本人としての記憶を利用し、この世界にないモノを作ってお金を稼ぐ。

転生、あるいはトリップものの小説では、テンプレな展開である。

ただこの世界は、ご都合主義的なゲームの設定をもとにしているだけに、いろいろなものが充実している。

例えば娯楽。リバーシやチェスもあり、地域によっては将棋《しょうぎ》だって存在している。

料理に至っては、ショートケーキやハンバーグなんかもあるし、エリカの好物はバターたっぷりのクロワッサンだ。

ちょっとしたダイエット料理くらいなら考案できるかもしれないけど、ただのオタクだった私の知識からは、お金を稼げるほどのアイディアは生み出せないと思う。

となると私が売りにできる分野は、やっぱりメイクやファッションだろう。

「この世界では珍しい服や小物、化粧品などなどを扱うお店を開いたら、そこそこ売れるんじゃないかなって」

保守的な高位貴族は無理でも、富裕層の庶民や下位貴族になら、売れるんじゃないかなーと考えていたのだ。

世のお嬢さんたちが、おしゃれで可愛くなったら私も嬉しいし！

それがうまくいって、高位貴族にまで広められれば、ボロ儲《もう》け間違いなしだしね。

そのうちおしゃれグッズだけではなく、乙女な小説なんかも一緒に売れたりして⁉

夢は膨らむばかりである。

そういうわけで、まずはじめに店を借りて、従業員を雇いたい。

それくらいのお金なら、私のお小遣いでもなんとかなる。

問題は、私が思い描く服やら小物やらを誰に作ってもらうかだ。

できればオルディス侯爵家としてではなく、私個人が運営する事業として、秘密裏《ひみつり》に事を運びたい。なるべく目立ちたくないし、万が一断罪された時、利益を取り上げられたくないもの。

だから、オルディス侯爵家御用達《ごようたし》の職人さんたちには頼めないし……

一番楽なのは、すでにある服屋や雑貨屋を、取引先ごと買い取っちゃうことだろう。

だけど、はたしてそんな都合のいい物件があるのか？

あるとしても、私に見つけられるのか？

仮にそのあたりのすべてがうまくいったとしても、もう一つ問題がある。

経営が安定するまで、私が直接店に出向く必要があるということだ。

隠し資金を作ろうとするなら、家から指示を出すというわけにもいかない。

「お店を作るとなると、頻繁に外出する必要があるのよ」

実は、こっそり邸《やしき》の外に出る方法はある。

ただその間、私の不在をどうやって誤魔化《ごまか》すかというのが問題だ。

「ああ……アニメとかに出てきそうな、代わりに留守番してくれるアイテムみたいなのがあればなあ！」

『……ドッペルスライムみたいなものか？』

「はい？　ドッペルスライム？」

『魔物だよ。弱っちいんだけど、姿を変えるのが得意なんだ。敵に遭遇した時は、その姿を模倣《もほう》して、相手が動揺した隙に逃げ出す。確か、友達がドッペルスライムと知り合いだって言ってた気がするけど……』

「それだっ！」

私はクロをもみくちゃにして「それ！　そのドッペルスライム紹介して‼」と叫んだ。

ドッペルスライム。

超お役立ちキャラじゃんっ！

もちろん、協力してくれたらお礼はするよ！

『誰が言ってたんだっけなあ？』

そう言ったクロを「思い出してーっ！」と叫びながら揺さぶる。

しばらくしてクロは、『おそらくアイツで間違いない』と苦しそうに言葉を吐き出した。

クロいわく、ドッペルスライムと知り合いなのは、チロという名の犬らしい。

チロは庶民街にある宿屋の看板犬だそうだ。

『スゲーでかくて、だけど性格は温厚だよ』

おっきい犬かあー。いいなー、抱きついてぎゅっとしたい。

子供の頃、友達の家におっきい犬がいたのを思い出す。

ゴールデンレトリバーだったかな？

ふわふわのモフモフで、肌触りは最高だった。

「じゃ、さっそくそのチロさんに、ドッペルスライムを紹介してもらってきて！　お願い！」

そう言って、なかば強引にクロを窓際に追いやる。

私の部屋は二階にあるのだが、クロはいつもここから器用に出入りしているのだ。

『ちょっと待った！』

「なによ？」

『オレがいちいち宿まで行ってたら、時間がかかるだろ？　チロに聞いてすぐ、ドッペルスライムを見つけられるかもわかんねえしさ』

庶民街へは、私の足で歩いても三十分くらいの距離がある。

確かにクロが行って帰ってくるだけでも、それなりに時間がかかりそうだ。

クロによると、ドッペルスライムとは、いろんな動物に姿を変えつつ、あちこち移動しながら生活しているものらしい。

それは、人間に狩られないようにするためだという。

彼らは魔物の中でもすっごく珍しい種族だから、人間に捕まったら売られてしまうんだって。なかなか大変みたい。

そんな種族なので、王都にいるのはその一匹だけだそうな。

「だからなに？」

『鳥たちに頼んで、用件をチロに伝えてもらおう』

「ふんふん」

って、クロってばいつの間に鳥たちと仲よくなってたんだ？

『同時に、鳥たちにドッペルスライムを探してもらう。んで、ドッペルスライムがいる場所の近くでチロと待ち合わせして、一緒に会いに行くよ』

「なるほど」

鳥たちに連絡係になってもらうんだね。

確かにそのほうが効率がいい。

頭いいじゃん、クロ！

私はさっそく窓を全開にした。

『おーい、みんなちょっと来てくれー』

外に向かってクロが呼びかけると、近くにいた鳥たちが集まってきてくれる。

あっ！　そうだ！

私は慌てて机の引き出しから、鳥たち用に取ってあるパンくずの入った袋を持ってきた。

鳥たちにチロさんへの伝言とドッペルスライム探しをお願いして、お礼にパンくずをあげる。

それを平らげた鳥たちは、すぐに空へ飛び立ち、三十分ほどで戻ってきた。

鳥たちによれば、ドッペルスライムは現在子犬の姿に擬態《ぎたい》しており、庶民街の公園近くにいるという。

チロさんのほうも、ドッペルスライムを紹介すると言ってくれたらしい！

私は鳥たちへのお礼に、またパンくずをあげる。

『じゃ、行ってくるわ』

鳥たちが去っていったあと、クロはそう言って窓から出ていった。

「そろそろ暗くなるから気をつけて！　よろしくね！」

クロに声をかけて、私は窓を半分だけ閉めた。

そうしてすっかり空が暗くなった頃、クロは戻ってきた。

茶色い三毛猫《みけねこ》を連れて。

あれ？　猫？　子犬って言ってなかったっけ？
そう思いながら、私は窓に駆け寄る。
「おかえり、クロ。えーと、その子が？」
『ああ』
『ドッペルスライムです。はじめまして』
おや、礼儀正しいね。
ペコリと頭を下げる様子が可愛い。
「鳥たちは子犬になってるって言ってだけど」
『犬だとここまで登ってこられないだろ。だから途中で猫に姿を変えてもらった』
へえ、やっぱり便利な能力だね！
「はじめまして。エリカだよ、よろしくね。疲れてない？　なにか食べる？」
『い、いえ……』
『食べるー！』
ドッペルスライムは気を遣って遠慮しようとしたんだろう。
だけどその言葉を遮《さえぎ》って、クロが声を上げた。
「はいはい。クロには、リリーナがお魚を用意しているよ。ドッペルスライムちゃん？

くんかな？　キミはどういったものを食べるの？」

魔物がなにを好むのかはわからない。

いえ、ね？　一瞬、「人間」ってのが頭に思い浮かんだんだけど……それは流石《さすが》に、ねえ。

『雑食なので、なんでも食べます。でも一番いいのはエナ……いえ、なんでも』

エナ？　はて？

エナ……エナ、エナジー……とか？

生命力ってこと？

う～ん、いかにも魔物が食べそうだけど、それもちょっと……

「じゃあ、パンがあるからそれでもいい？」

エナという言葉は聞こえなかったことにして提案してみた。

するとドッペルスライムは、笑顔でうなずいてくれる。

『はい。ありがとうございます』

「どういたしまして！　さっ、どうぞ」

三毛猫《みけねこ》の姿をしたドッペルスライムに、パンが載った皿を差し出して、ついでにクロ用の水入れに水を足しておく。

それからリリーナを呼んで、クロの魚を用意してもらった。

リリーナはクロの前に魚の載った皿を置くと、パンにかじりつく三毛猫《ドッペルスライム》を興味深そうに見つつも、静かに一礼して部屋を出ていく。

さてと。私はベッドに座って、彼らの食事風景を眺めるとしましょうかね。

『とっても美味《おい》しいです』

パンを口いっぱいに頬張りながら、嬉しそうに言うドッペルスライム。

「ほんと？　よかった」

小動物がものを食べてる姿って、可愛いし、なんかホッコリするよね。

『うまうま』

クロは食べこぼしすぎだよ！

私は慌てて布巾《ふきん》で食べカスを拾っていく。

二匹が食べ終わるのを待って、私は改めてドッペルスライムに向き直った。

「クロから話は聞いてるかな？」

『はい。エリカさんの代わりをするってお話ですよね？』

「うん。どうかな？　お願いできないかな？　もちろんお礼はさせてもらうよっ！」

『それなんですけど……』

ん？　なになに？

『代わりをすること自体はかまわないんです。だけど、いまのボクの魔力だと、姿を変えていられる時間に制限があって……一つの姿を継続できるのは、だいたい一時間が限界です』

「一時間かあ……」

うーん、ちょっと厳しいかなあ。

物件探しやお店の開店準備だなんだってことを考えると、せめて半日は欲しいよね。

『実は、いまもこの姿を維持しているのがキツくて……っ！　あ、あの、ごめんなさいっ！』

三毛猫《みけねこ》がプルプルと身体を震わせたと思ったら、ポンっ！　と音を立てて白い煙が立ち上《のぼ》った。

煙が晴れたそこにいたのは……

かーわーいーいー!!

ロールプレイングゲームに出てくるような、滴形《しずく》の小さなスライムだった。

色は、薄桃色。

私は内心でうひゃーん！　と叫び声を上げた。

だってピンクだよ、ピンク！　超可愛い！

「ね、ね、触ったらダメかな？」
は、いかん！
つい両手を伸ばしてしまっている。
これじゃ、怖がられるよね。
『大丈夫です。溶解液を出していない時は、触れても溶けませんから』
あ、スライムってなんでも溶かしちゃうんだっけ？
でもいまは大丈夫らしい。
「じゃ、遠慮なく」
そう言って、私はためらいなくドッペルスライムに触れてみた。
ふわあ、ぷにぷにだ。
柔らかいけど、しっかり弾力もあって、クセになりそうな感触です。
「魅惑の手触りだわ！　それに、キレイな色だね！」
『キレイ……ですか？　嬉しいです』
あれ？　少しだけ色が濃くなったよ。
照れてるのかな？
じっと見つめていると、ドッペルスライムは身体をプルプルさせて『恥ずかしいです』

とつぶやいていた。
ハアハア。ヤバし！　キミは私を悶《もだ》え死にさせる気か？
するとその時、柔らかい肉球がペシペシと私の膝を叩いた。
クロが呆《あき》れ声で『顔、顔』と言って、沸騰《ふっとう》しかけていた私の頭を冷《さ》ましてくれる。
はっ！
ニヤケきった頬を慌てて引き締める。
いけない、いけない。これじゃ変質者みたいじゃないか！
恐る恐るドッペルスライムのほうを見ると……大丈夫そうだ。引かれてはないみたい。
「い、一時間経つと、この姿に戻っちゃうんだねー」
クロの目がじとっとなにかを訴えてくる。
え？　話の変え方がわざとらしいって？
『あ、はい。そうなんですけど、実は……その……』
ドッペルスライムが言いづらそうに口ごもる。
そのあとを引き継ぐように、今度はクロが言った。
『こいつからも、ちょっとした頼みがあるんだってさ』
「頼み？」

なにかな？

『は、はい！　……あ、あの、その』

もう！　言いにくそうにもじもじしてるとこも可愛い！

超ツボなんですけど！

『……ボ、ボクのご主人様になってくれませんか!?』

「はい、喜んで!!」

『いや、早いから』

私が即答すると、クロがツッコミを入れた。けれどそれは無視。

だって、こっちからお願いしたいくらいだもの。

『えっと、ご主人様になってっていうのは、ボクをエリカさんの使い魔にしてほしいってことなんですけど……』

「使い魔？」

使い魔っていうと、アレですか。

箒《ほうき》で空飛ぶ魔女っ子が連れてるやつ。

あれ？　あの黒猫は使い魔じゃなかったっけ？

『はい。名前をつけてもらえたら、使い魔になれます。そうしたらご主人様のエナを分けてもらえるので、もっと長く姿を変えていられるし、何度でも模倣《もほう》できると思います』

使い魔ってのは、人間と契約を結んだ魔物のことらしい。

使い魔は主人に絶対服従する代わりに、エナをもらって力を得る。

ちなみにエナというのは、人間が言うところの魔力だった。

魔物から見ると、人間は地脈から常にエナを吸収し続けている生き物らしい。

そのため人間の身体からはいつも余剰なエナが溢《あふ》れ出ていて、それは魔物にとってすっごいご馳走《ちそう》なんだとか。

魔物も自然からエナを吸収しているそうだけど、一度に取り込める量はわずかなんだって。

『だから人間を好んで食べる魔物がいるんですよ』

ドッペルスライムは、そんな恐ろしい事実も教えてくれた。

人間を食べたり、使い魔契約を結んだりすると、通常より多くのエナを取り込めるそうだ。

ただ肉として食べてるんじゃないんだねー。

知らなかったよ。

ゲームでは、人間を襲う魔物は存在したけれど、その理由までは描写されてなかったからね。

エリカの記憶にも残されていない。

もしかしたら、この先学園で教わることなのかも。

でも、優秀な家庭教師をつけてもらっていたエリカが、使い魔についてまったく知らないのは、なんか不自然な気がする。

わざと教えられてない……みたいな？

そもそも人間が知らないことだったりして。

う～ん。まあいいや。難しいことはとりあえずスルーしよう。

考えてみたところでわかんないし！

頭の隅《すみ》に疑問を追いやっていると、ドッペルスライムが話を続けてくれる。

『普通、人間が持つエナは触れたものに流れ込むものです。けれど人間と契約すると、自然から吸収するエナとは別に、ご主人様の余剰分の魔力が常に使い魔に流れ込むようになります。自分の魔力が足りない分を、ご主人様の魔力で補《おぎな》えるんです』

「つまり、私と契約することで、より多くの魔力が使えるようになると」

『はい』

「私はいいけど。キミはそれでいいの？　だって、私に絶対服従することになるんでしょ？」

『はい。だけど鳥たちからもクロさんからも、エリカさんはいい人だって聞きましたし、ボクも実際に会ってみて、この人ならって思ったので。それに……』

それに？

『エナが、とっても美味《おい》しそうです♪』

へ、へー。美味《おい》しそうなんだ……？

それって喜んでいいのかな？

若干の不安はありつつも、そんなこんなで私はドッペルスライムと使い魔契約を結んだのだった。

五

翌日。

私は自室で外出する準備をしていた。

あらかたの用意を整えて図書室に移動し、最後に私の姿を模倣《もほう》したドッペルスライムに向き合う。

「リリーナが『お茶はいかがですか？』って言ってきたら？」

「ありがとう。そこに置いておいて。あとでいただくわ」

「本を読んでいる時に、リリーナが『ずいぶん夢中なんですね』ってツッコんできたら？」

「とっても面白いの。一人でゆっくり楽しみたいから、そっとしておいてちょうだい」

オーケー！　完璧ですね！

っていうか、私よりも断然お嬢様らしいような……

黙り込んでしまった私を、ドッペルスライムが不思議そうに小首を傾《かし》げながら見ている。

その仕草が堪《たま》らなく可憐《かれん》だ。

あれ？　これ、絶対本物の私よりも可愛いよね？

見た目はそっくり同じなのに、内面から滲《にじ》み出るものが違うっていうか……

中身の可愛さが違うってか？

昨夜、私はさっそくドッペルスライムと使い魔契約を交わした。

名前は散々悩んで、フィムとつけることに。

この世界の古い言葉で『桃の樹』という意味だ。

はいそうです。身体の色が桃色だからですよ？　なにか？

安直なのは自分が一番よくわかっている。

他にはスラっちだの、ドッペルだのいくつか候補があったんだけど、イマイチどれもピンとこず、辞書を引っ張り出して最終的に『フィム』と相成った。

使い魔契約といっても、行《おこな》ったことはフィムに触れて名前をつけただけ。

それをフィムが受け入れて、契約完了。

厳《おごそ》かな儀式とか、ファンタジー世界らしい演出とかが、もしかしたらあるかもって思ってたのに、そういうのはいっさいなし。

魔力の喪失で倒れることもなかった。

いまもフィムは私からエナを吸収しているはずなんだけど、全然わかんないね！

まあ、フィムにエナが供給されているなら問題ない。

私が出かけている間、姿を維持できれば、それでいいのだから。

ちなみに、最初のお出かけ先は、とある潰れかけの服飾雑貨店。

私の隠し資金計画のための、店舗物件候補である。

実は今朝起きてすぐ、動物たちに頼んで都合のいい物件を探してもらったのだ。

するとお昼頃、私の目的にぴったりなお店があると知らせが入った。

そのお店があるのは、庶民街の富裕層が住むエリアの近く。

女性向けの小物や服を扱っているお店で、若い女性が一人で経営しているそうだ。

彼女の作る服や小物は評判もよく、お客さんもそれなりについているらしい。

だというのに、彼女の店は借金取りによって、いまにも取り上げられそうになっている。

その原因は、どうやら親にあるらしい。

彼女の両親は、娘の店を担保に借金をした挙げ句、行方をくらましたのだとか。

そして今日の午後、件《くだん》の店に借金取りが押しかけてくるという。

そこで私の出番だ。

このお店、私が経営者の女性ごと買い取ろうってわけ。

交渉がうまくまとまれば、彼女に職人として働いてもらえるし、店舗も手に入る。

まさに一石二鳥《いっせきにちょう》ってやつですね。

さて、そろそろ出発するとしましょうか。

「じゃ、あとは任せたわよ！」

『はい』

『おう！　こっちは任せとけ！』

そう言ってうなずくフィムとクロが頼もしい。

「クロ、フィムのフォロー頼むよ！」

フィムは、見た目も声もそっくりそのまま私を模倣《もほう》してくれたから、大丈夫だとは思うけど。

私は二匹に背を向け、本棚から一冊の本を取り出した。空《あ》いた隙間に手を突っ込んで、思いっきり壁を奥に押す。

すると、ガコンと小さな音が聞こえた。

足元の絨毯《じゅうたん》をめくってみれば、床板が一枚浮き上がっているのが見える。

たいてい貴族の邸《やしき》には、有事の際に逃げ出すための抜け道が設《もう》けられている。

この邸《やしき》にも秘密の地下道があって、その存在を知っているのは、家族と家令と侍女長のみ。

そして入り口はここ、図書室の床にあるのだ。

浮き上がった床板をよいしょっと持ち上げると、地下へと続く少し急な階段が現れた。

ちょっと暗いのが怖いけど、地下道に入れば明かりをつけることができるはず。

「じゃ、行ってくるね」

女は度胸！　私はひょいっと穴の中に身を滑り込ませた。

ほぼまっすぐ伸びている地下道を、私は歌いながら進んでいく。

いや、だって、怖いんだよ！
明かりはあるんですけどね！
それでも、狭いし薄暗いし、なによりしんとして音がない。
だから歌でも歌って気を紛《まぎ》らわせないと、回れ右したくなる。
ちなみに歌っているのはアニソンだ。
――そうやって進むこと三十分。
私は貴族街の外《はず》れにある小屋から地上へ出た。
さて、動物たちが言っていたお店に向かうとしますか。
私は歩きながら、街の中心にそびえる時計台を見た。
時間もバッチリ。
これならお店につく頃、ちょうど借金取りが怒鳴り込んでいるところだろう。
ちなみにこの情報は、お店の飼い猫から提供されたものだ。だから間違いないはず。
私は借金取りが来ている最中に乗り込み、横からお店をかっさらおうというわけ。
懐《ふところ》には、借金取りに押しつけるお金もしっかり入っている。
しばらく歩いて店が見えてくると、俄然《がぜん》やる気が出てきた。
「よっし！」

パンッと両手で頬を叩いて、私は足を進めた。

店内に近づくにつれて、ガラス戸越しに中の様子が見えてくる。

お店にいるのは、いかにもチンピラ風な二人の男と、店主らしき女性。

たったいま、男の一人が女性から取り上げたのは、この店の権利書だろうか。

さあ、ここが最初の正念場ね。

私は高飛車《たかびしゃ》で我儘《わがまま》な悪役令嬢、エリカ・オルディスよ！

自分にそう言い聞かせて、ガラス戸を開ける。

「なんだ？　悪いがこの店は閉店だよ！　お嬢ちゃん」

こちらを振り返って言うチンピラに、私はにっこりと笑う。

「そう。ところで、私この店を買いたいのだけど……その権利書、売ってくださらないかしら？」

私は悪役令嬢らしい傲慢《ごうまん》な態度で言い放ち、わざと音を立てて金貨の入った袋を棚の上に置いた。

——そんなこんなで、私は無事にお店を手に入れた。

借金取りたちは最初、いちゃもんをつけてこようとしたけど、お金をちらつかせて追い払ってやった。

その後、お店の経営者——ラナさんと、二人の従業員をそのまま雇うことに成功。

私がオーナー、ラナさんが店長という形で落ちついた。

これまで通りラナさんの商品も取り扱いつつ、私のデザインしたものも少しずつ置いていく予定だ。


お店を買ってから一ヶ月。

私は今日も庶民街へ足を伸ばしていた。

王都の雰囲気は、貴族街から庶民街に抜けると途端にガラッと変わる。

貴族街の石畳はキレイに掃き清められており、街には広い庭と塀に囲まれた邸《やしき》が並んでいる。あたりは基本的に静かで、聞こえてくるのは時折通る馬車の音と、どこかの邸《やしき》から流れてくる楽器の音くらいだ。

けれどそこから少し歩けば、土が剥《む》き出しになった道が現れ、色とりどりの屋根を持った民家がぎっしり立ち並ぶようになる。

庶民街の大通りには、露店や屋台がひしめき合い、多くの人で賑《にぎ》わっていた。

今日は、ラナさんに頼んで作ってもらっている新商品を見に行くのだ。

人混みをぬって歩き、お店へと向かう。

私はどちらかというと貴族街よりも、雑多で賑《にぎ》やかな庶民街のほうが好きだ。

とはいえ、庶民街の中でも富裕層が住む地域と、そのすぐそばにある私の店――ココルの周辺しか歩いたことはないけど。

ココルという名は、店のオーナーがラナさんだった時からのもので、彼女の飼い猫の名前からつけたらしい。

その猫ココルは、この店のことを教えてくれた情報提供者でもある。

店名を変える気はない。

私がオーナーになったとはいえ、ラナさんにとっては大事な名前だろうから。

それに、ココルってなんか響きが可愛いよね？

ココルに到着しガラス戸を開けると、カランカランとドアベルが鳴る。

「いらっしゃいま……あ、オーナー、お疲れ様です」

私の顔を見て、店番をしていた従業員が一礼した。

「お疲れ様。店長は上かしら？」

「はい。以前頼まれてた制服……ですか？　店長、できたって言ってはしゃいでましたよ」

「そう、楽しみだわ」

私はにこりと笑って店内を横切ると、二階へ続く階段を上がった。

二階には、十畳ほどの板間と作業場、そこと続き部屋になっている寝室、トイレがある。

平民の家には、普通お風呂はない。

その代わり、庶民街の中心に大きな共用の浴場があって、そこで身体や髪の汚れを落とすのだ。

私は作業場のドアをノックした。

「はーいっ！」

どことなくはしゃいだ声が部屋の中から聞こえてきて、すぐにドアが開いた。

……可愛い！

ドアを開けた女性——ラナさんは、何度見ても可愛いと思う。

ふわふわなピンクブロンドの髪を顔の横で緩くまとめ、小さなカラーストーンがキラキラ光る細いカチューシャをつけている。

服は、メイド喫茶《きっさ》で見るようなメイド服だ。スカートは膝丈で、裾《すそ》からは二重に重ねられたレースがふわりと広がって、足をうまく隠している。

胸元は細いリボンで編み上げられ、襟《えり》は白で丸いフォルム。

開いたドアの隙間から見えるポールには、これと似た形のメイド服がかけてある。

だけど、胸元や襟《えり》のデザインが少しずつ違っていた。

それらやラナさんが身につけているカチューシャは、すべて私が制作をお願いしたもの——この店の制服である。

いまこの店の従業員はラナさんを含めて三人。

服は洗い替えの分も合わせて、ひとまず六着作ってもらったのだけど……

作業部屋に入り、一着一着確認した私は狂喜《きょうき》した。

ラナさん天才！　素晴らしい!!

私が描いた適当すぎるデザイン画から、よくもここまで作り上げたものである。

経費削減のために、布地自体は大していいものを使っていない。

レースだって、ラナさんと取引があった商会から、安価で譲ってもらったキズ物品だ。

間近でよーく見ると、目が飛んでいたり、玉ができていたりするくらい。

それを、傷《いた》みの多い部分は折り重ねてドレープを作ることで隠すなどして仕上げてあるようだ。パッと見では、下位貴族の令嬢が着る普段着のドレスと同じレベルくらいに見える。

テーブルの上には、服の他に可愛い小物や化粧品などもたくさん並んでいた。

化粧品やメイク道具は、もともとココルと付き合いのあった業者に、デザインや製法を伝えて用意してもらった。

製法はいずれ他の店や商会にも広げていく予定だけれど、いまのところ、売上のためにも秘匿《ひとく》してもらえるよう契約書を交わしている。

デザインは勝手に真似してくるお店があるかもしれないけれど、まあそれはそれでよし。

そんな夢の詰まった店も、明日と明後日お休みして店内のレイアウトを変更したら、新装開店だ。いままで少しずつ用意してきた商品を投入し、制服を着た従業員が、自らの格好を宣伝に使いつつ販売する。

そのためのメイクや接客指導は、すでにすませてあった。

実はここまでこぎつけるために、私のお小遣いはかなり減っている。

いや、つい、いろいろとこだわりが、ね？

あんなのもこんなのも……と欲張った結果、たぶん数ヶ月単位で赤字になるだろう。

ま、楽しいからいいんだけど。

それに、先行投資は必要だよね！

ちょっぴり自分に言い訳をして、私はラナさんと二人でポールにかけられた制服をもう一度確認していく。

どれも可愛くって、それでいてこの世界では珍しいデザインだ。

それぞれに合わせるメイクや小物の打ち合わせもしていると、時間はあっという間にすぎていった。

六

月日が経つのは早いもので、私がエリカとして生まれ変わって、もう二ヶ月。

この二月《ふたつき》でお肌はスベスベになり、体重は六キロほど減った。

邸《やしき》を抜け出しては店に顔を出してたから、それがいい運動になったようだ。

まだポッチャリではあるんだけど、もうデブとは言わせません！

ホントは今日もお店に行きたいところなんだけど、そうできない事情がある。

いま、私の周りでは、侍女たちが集まってああだこうだ言い合っていた。

「髪は一部を残して結い上げますか？」

「キレイな髪色ですもの、シンプルな髪留めをつけるのがいいですわ」

「お肌がキレイですから、前髪を上げて額《ひたい》を出して、うしろはハーフアップにするだけでいい気がしますけど」

「ダンスパーティーで髪を下ろすのはダメよ。踊ると乱れてしまうでしょう」

「新学期初日なのですから、なにもかも完璧に仕上げなくては」

いつになく気合いの入った侍女たちにいじり倒されながら、私は黙って自室の鏡の前に座っている。

そう、今日から二学期がはじまるのだ。

といっても、初日なので授業はなく、代わりにダンスパーティーが開かれる。

学校行事とはいえ、生徒の親たちも参加するので、公式な社交の場だ。まあ、エリカの両親は来ないいんだけどね。

そんな公式の場に出るということで、パーティーに着ていくドレスはすでに決まっていた。けれど、それ以外が大変だった。

髪型やアクセサリー選びなど、エリカの記憶があってもよくわからないことばかりだったので、困った私は、侍女たちに「今回は皆に任せるわ」と言ってしまったんだよね。

最初はビクビクしていた侍女たちも、私が大人しくされるがままになっていると、みるみるうちに張り切りはじめた。

びっくりしちゃったよ。

リリーナから聞いたところによると、最近私は侍女たちの間で「なんだか変わった」

と言われているようだ。

具体的な話を聞いてみると、「流石《さすが》のお嬢様も反省したんだろう」とか、「少し大人になったんだろう」とか言われているみたい。

ちょっとギクッとしちゃったけど、まさか中身が別人だとは思われないか。

いや、よかった。

疑われたくはないけれど、侍女たちとの関係は改善していきたいしね。

そういうわけで、侍女たちの気がすむまであちこちいじられた私は、若干の疲れを感じながらパーティーへ向かう馬車に乗り込んだのだった。


私が学校行事の会場って聞いて想像するのは、体育館や運動場だ。

日本の学校だと、普通はどこもそうだよね。

だけど、王立貴族学園には、ダンスパーティーや式典を開くためのホールがある。

そのホールの前で馬車を降りた私は、入り口へ続く階段をゆっくり上っていった。

するとその時、うしろから誰かが慌てて駆け上がってくる音がした。

邪魔にならないようにと、道を空《あ》けたところ――

「……あっ！」

そんな声とともに、ドタドタッと響く大きな音。

振り返ると、階段の下にはドレスを着た少女がうずくまっていた。

私はその少女を知っている。

アップにしている白銀の柔らかそうな髪。

パッチリした薄い紫色の瞳。

美人というよりは可愛い感じの、ちょっと幼く見える顔。

『クラ乙』のヒロイン——カノンだ。

「大丈……」

「ヒドイです！」

私の言葉を遮《さえぎ》って、カノンは叫んだ。

「私……私、久しぶりにエリカ様をお見かけしたから、ご挨拶《あいさつ》をしようとしただけなのに！　突き飛ばすなんて！」

……はい？

突然のことに私が呆然としていると、別の声が響いてくる。

「なんだこれは！」

図《はか》ったかのようなタイミングで、カノンのうしろから四人の男子生徒がやってきた。

先頭にいるのは、グレンファリア王国の王太子、アーサー・ウル・グレンファリア様だ。ウルは、古い言葉で王太子の意味。

攻略対象の一人で、現在カノンが攻略中だと自称神様は言っていた。

王太子は、金髪碧眼《へきがん》のいかにも王子様然《ぜん》とした容姿をしている。

長身で、タキシードをまとった姿は様《さま》になるわね。

メインの攻略対象キャラだけのことはあって、文句なしの美形だ。

王太子は階段の下でうずくまるカノンに駆け寄ってその肩を抱き、私を睨《にら》みつけてくる。

「また貴様か！　エリカ・オルディス！」

いやいや、私はなにもしてませんよ？

カノンが勝手に転げ落ちただけだよね？

「私、ご挨拶《あいさつ》しようと……。そうしたらエリカ様が私を突き飛ばして……」

は？　なにこれ？

私がカノンを突き飛ばしたことにされてる？

え？　冤罪《えんざい》ですか？

私、突き飛ばすどころか、触れてもないよ。

そう思うけど、他の生徒たちは王太子と同じように私を睨《にら》んでいる。

どうやら周りは敵だらけらしい。

この状況だと、無実を主張するだけムダかな?

「突き飛ばしたつもりはないのだけど、身体が当たってしまったのかしら? ごめんなさいね」

ムカつくから、悪役令嬢らしく上から目線で言ってやった。

「なんだその物言いは!」

王太子が詰め寄ってくる。

「自分がしたことをきちんと認めろ。そしてカノンにちゃんと謝れ!」

はあ? 自分がしたことってなんですか?

私、なにもしてませんけど。

「ですから、私は突き飛ばした覚えはありません。けれど、もしかしたら身体が触れてしまったのかもしれませんから、それについては謝罪いたしました。これ以上どうしろとおっしゃるのですか?」

言いながら、私はなんだかモヤモヤしてきた。

すっかり忘れていたけど、これと同じようなシーンに覚えがある。

『クラ乙』恋愛編の中盤、王太子ルートにおける人気イベントの一つ。

カノンが悪役令嬢エリカに階段から突き落とされ、そのあとにやってきた王太子に助けられるシーンだ。

——ちょうど、こんなふうに。

「アーサー様、もういいんです。エリカ様のおっしゃる通り、私の勘違いかもしれませんわ」

王太子の腕にすがりつくようにして、カノンが上目遣いで言った。

「しかし……！」

「私は大丈夫ですわ。怪我もしていませんし。ただ、もうパーティーには出られませんわね……」

カノンは自分のドレスを見下ろして、残念そうにつぶやく。

よく見ると、カノンのドレスは汚れており、破れてしまっているところもある。

カノンが着ているドレスは、色はキレイなんだけど、フリルがやたらとごてごてしていて、肩には大きなリボンがついている。

形があきらかに古く、古着屋で売られている安価なものだと一目でわかった。

カノンの父親は、準男爵の位《くらい》を持つ鍛冶《かじ》職人だ。

彼女が生まれる前に一度だけ王家に剣を奉納し、その出来が認められて位《くらい》を与えられた。

けれど準男爵は、なにかの功績が認められたり、国王陛下に気に入られたりすれば、案外簡単に手に入る身分だ。

貴族ではないので領地も与えられないし、裕福になれるわけでもない。

しかもカノンの父親は、準男爵の位《くらい》を得たあと怪我をして鍛冶職人を引退。

いまは酒浸《さけびた》りになっており、母親が食堂に働きに出て生活を支えている。

「心配ない。私が新しいドレスを用意しよう」

「でも、そんな……」

「私がキミとともにパーティーを楽しみたいんだ。だからこれは、私の我儘《わがまま》だよ？」

「アーサー様っ……」

カノンは感極《かんきわ》まった様子で王太子に抱きつく。

その時私は、彼女がにやりと笑みを浮かべたのを見逃さなかった。

わざとだ。カノンはわざと階段から転げ落ちてドレスをダメにしたんだ。

私は確信した。

この女……

私を不当に責め立てたばかりか、新しいドレスのために一芝居打つなんて。

ゲームだと、王太子とカノンはこのあと一度会場を離れ、パーティーの中盤になってからふたたび現れる。

仕立てのいい薄い紫色のドレスを着て、王太子にエスコートされて会場に入ってくるカノン。その美しさに、会場にいる皆の目は釘づけになるのだ。

スチル画面を見ながら、ふぉぉぉ……！　なんて叫び声を上げて、興奮していた自分を蹴《け》りたい。

自分の母親が働いて買ってくれたドレスを、なんだと思ってるんだ！

王太子が用意するドレスだって、国民の税金で買われるんだよ？

ふざけんな！

二人の世界を作って去っていくカノンたちと、そのあとを追う取り巻きたちの背中を睨《にら》みつける。

それから会場に入ると、いくつものトゲのある視線が突き刺さった。

騒ぎを見ていた人たちからすれば、私はカノンを階段から突き落とした加害者。

非難の目を向けられるのも当然でしょうよ。

私は突き飛ばしてないいんだけどね！

これまでのエリカの言動を思えば当然の報《むく》いってところか。

もう好きに噂してくださいよ。

どうせもともと孤立していたし。

でも、死刑は勘弁してください。

カノンや王太子とは極力関わらずにおこうと思っていたのに、さっそくコレとかホントついてない。

「ええい！　考えない考えない！」

私はこっそり自分に言い聞かせて臆せず会場の奥へ進むと、給仕係のメイドの一人から適当な飲み物を受け取った。

それを一気に飲み干してから、壁際に向かう。

そこには休憩用のソファがいくつか置かれていて、何人かの生徒がおしゃべりをしていた。

しかし私が近づくと、彼女たちはササッと立ち上がって離れていく。

私ははしっこにある一人掛けのソファに座るつもりだったんだけど……

ため息をついて、目をつけていたソファに座る。

するとその時、二人の女子生徒から声をかけられた。

「ご機嫌《きげん》よう、エリカ様」

「ご機嫌《きげん》よう」

声のしたほうを見て、私は絶句した。

隣に置かれた大きなソファに、二人の女子生徒が座っている。

一人はチャイナドレスに似た身体に沿うデザインのドレスを着ており、長いまっすぐな髪をポニーテールにしている。女性らしさもありながら、格好いいタイプの人だ。

もう一人は、裾《すそ》がふんわり広がった可憐《かれん》なドレスを着ていて、まるでお人形のよう。

マジもんの王子様と天使だー!!

声をかけてきてくれたのは、マリア・コールディル侯爵令嬢とティオネ・ブラン伯爵令嬢。

そう、このお二人こそ『クラ乙』の人気サブキャラにして、私の憧れです！

超絶美形で、攻略キャラと並ぶくらいイケメンなマリア様。

清楚《せいそ》で可憐《かれん》で、ちょっと病弱なティオネ様。

お二人は幼馴染《おさななじみ》で、とても仲がいい。お二人とも演劇部に所属していて、マリア様は女性ながら男役を演じることも多く、生徒たちから絶大な人気を誇っている。

ゲームユーザーの間でもお二人の人気は高く、特にマリア様のイケメンっぷりは攻略

対象キャラに匹敵《ひってき》するほどだ。

ネット上には「マリア様をお慕《した》いする会」というファンクラブと、「お二人の幸せを見守る会」というファンクラブがあった。

私は前者の会員ナンバー二五五番で、後者の会員ナンバー五二番。

日本人だった時から大好きだったお二人を前にして、私はすっかり舞い上がってしまった。

眩《まぶ》しい！

ホンモノです。ホンモノがいます。

尊いっ！

お二人をこの目で見られるなんて……

ああ、エリカになってよかった♪

そう思ったのは、生まれ変わって初めてかもしれない。

はっ！　いけない、いけない。

うっとりしすぎて、返事をしてないよ!!

なんて失礼なっ！　こんな私にご挨拶《あいさつ》してくれたのに、無視するだなんて！

私は慌てて挨拶《あいさつ》を返した。

「……ご、ご機嫌《きげん》よう」

うわぁ。声が完全に裏返ったよ。

噛んだし。恥ずかしい！

私は内心で身悶《みもだ》えした。

そんな私の挨拶《あいさつ》に、ティオネ様はニッコリ笑い、マリア様は軽く頭を下げてくれた。

「なんだか大変だったみたいだね」

「……へ？」

「さっき、階段のところで」

っ!?　マリア様にも見られてたのか？

なんてこったい。

周りに非難されようが、陰口を叩かれようが、気にしないって思ってたけど……

嘘です。

このお二人には、人を階段から突き落とす女だなんて思われたくないよう──っ！

「カノン様にも問題はあるけど、エリカ様も少し気をつけたほうがいいかもしれないね。でないと、誤解されてしまうよ？　さっきみたいに」

マリア様は私を見てそう言った。

「……はい？」

「カノン様を突き落としてなんかないでしょ？」

「はい⁉」

私は驚きのあまり、思わず立ち上がってしまった。

何事かと、周囲の人がこちらの様子をうかがってくる。

うっ、皆の視線が痛い。

私はこほんと咳払いして、ソファに座り直す。

「……し、して、ません」

「だろうね」

マリア様が私の顔を横目でちらりと見て言った。

はうんっ！　マリア様の流し目。

素敵すぎです‼

「でも、どうしてそう思われたのですか？」

「それはね――」

「俺が入り口のとこで見てたから」

マリア様が答える前に、男性の声が聞こえてくる。

私の前には、いつの間にか一人の男子生徒が立っていた。グレンファリアでは珍しい、黒目黒髪だ。

びっくりした。マリア様たちに夢中で全然気づかなかったよ。

この人は、カイル・ノートン様。

なにかと派手な噂の多い、学園の二年生だ。

そして、『クラ乙』の攻略対象の一人でもある。

ただし、ある条件を満たさなければルートが開かない隠れキャラ。

カイル様は、実はヘイシス王国の第三王子で、本当の名前はカーライル・ネスト・ヘイシス様という。

身分を偽《いつわ》って学園に通っており、そのことは王族と一部の学園関係者以外には知らされていない。

ヘイシス王国では王位継承権を巡る争いが起きていて、カイル様は七才の時に留学という名目でグレンファリアに避難してきたのだ。

彼はマリア様の従兄《いとこ》で、二人はその頃から同じ邸《やしき》で暮らしていたはず。

『クラ乙』のカイル様ルートでは、彼がカノンに、国に帰ったら命を狙われると打ち明けるシーンがあったのを覚えている。

目の前のカイル様は、私の目をまっすぐ見つめて口を開いた。

「さっきエリカ嬢は、突き落としてないって言ってただろ？」

「ええ……」

あの場にいた誰も信じてくれませんでしたけどね。

カイル様は持っていた二つのグラスをティオネ様とマリア様に渡して、お二人の座るソファの肘《ひじ》置きに浅く腰かけた。

「もしエリカ嬢が突き落としたのなら、キミはそう認めるだろうと思ってね。その上で、『だって邪魔だったんですもの』とか言いそう」

そう言ってカイル様は笑った。

なるほど。エリカならそのくらい言いそうだね。

マリア様も、カイル様の言葉にうなずいている。

「カイル兄《にい》からその話を聞いて、私とティオネも、そうだなって話してたんだ。きっとエリカ様は、本当にカノン様を突き落としてはいないんだろうって」

「そうなんですのよ。それに、今日のエリカ様はなんだか凛《りん》としていらっしゃいますわ。お休みの間に、変わられましたわね」

……どうしよう。すごく嬉しいかもしれない。

マリア様たちとはクラスが違うから、エリカとの接点はほとんどない。

たまーにすれ違った時に、挨拶《あいさつ》するくらい。

さして親しいわけでもない、いまはすっかり孤立している嫌われ者のエリカなのに……

この人たちは、私が嘘をついてないって信じてくれてるんだ。

目頭《めがしら》がじんわりと熱くなってくる。

「……ちょっ！　エリカ様、どうした？」

「あら、まあ」

マリア様とティオネ様が目を丸くしている。

人前で泣くなんてエリカらしくない。

なのに止まらない。

私はぼろぼろ涙をこぼしながら、マリア様とティオネ様のもとへ近づいた。

戸惑うお二人の手を取って、ぎゅっと握る。

驚いた顔をしてはいるけど、お二人は手を振り払わないでくれた。

「ヒック、ぅえぐ、あの……わだじと……お友達になって、ぐださい」

私が泣きながら言うと、お二人は顔を見合わせてから、ふっと笑った。

「んじゃ、これからよろしく」

そう言って、マリア様が私の頭をぽんぽんと撫《な》でてくれた。

「もちろんですわ。よろしくお願いいたします」

ティオネ様も優しく微笑んでくれる。その笑顔を見た私は、ますます号泣して「ありがとうございます」と言った。

カイル様が「え？　二人だけ？　俺は？」と言っていたけど、聞こえていないフリをする。

だって、カイル様は攻略対象だから。

破滅回避のためには、あなたに近づいちゃダメなのよ。


その後ダンスパーティーはつつがなく進行し、ゲームのシナリオ通り、中盤になってから王太子とカノンが現れた。

ただ、皆の反応はゲームとちょっと違っていた。

王太子が公式なパーティーに女性を伴《ともな》ってきたことに、会場は大騒ぎ。

カノンが王太子とダンスを踊ったり、ずーっと隣にいたりするので、なんとも言えない空気が流れていた。

正式な婚約者ならともかく、普通は他の人が王太子に近づきやすいように、立場をわきまえてちょっと離れるもの。

けれどカノンは、王太子のそばから片時も離れなかった。

おかげで貴族の当主でさえ、王太子に挨拶《あいさつ》する時には、平民の娘にまで頭を下げざるを得なくなっていた。

ご令嬢たちは王太子に近づくことができず、はらわた煮えくりかえってたんじゃないかな？

結構な数の高位貴族を敵に回したね。

そんな中、私はというと……マリア様とティオネ様とお話ししていたのだが、なんとマリア様とダンスを踊ることになった。

マリア様は女性だけど、彼女と踊りたいってご令嬢はいっぱいいるんだよ！

一曲踊ったあと、カイル様とペアを交代。

ティオネ様と一緒にソファに腰かけ、お二人のダンスを鑑賞した。

マリア様は男性パートを踊っても、女性パートを踊っても様《さま》になる。

カイル様もすごく上手で、私は素晴らしいダンスに興奮した結果、ちょっぴり鼻血が……

もちろん、すぐに下を向いて隠した。

皆お二人のダンスに釘づけだったから、誰にも気づかれなかったよね？

そのあと、カイル様からも「踊る？」とお誘いくださったけど、丁重にお断りする。

攻略対象だからねっ！

ティオネ様もカイル様に誘われていたけれど、断っていた。

「ティオネ様、もっと踊らなくてよろしいのですか？」

彼女は最初にマリア様と一回踊っただけで、あとはソファで私とお話ししてくれている。

もし気を遣わせているのだとしたら、申し訳ない。

「ええ。ダンスはあまり得意ではありませんの」

そう言って、恥じらうように目を伏せるティオネ様。

いやいや、お上手でしたよ？　とっても素敵でした。

「このあと婚約者と踊ることになっていますから、それでおしまいですわ」

ティオネ様の婚約者、ロイ・サーラン様。

彼は騎士団長のご子息で、ティオネ様のことをとても大切にしている。

ただ一つ心配なのが、ロイ様は『クラ乙』の攻略キャラの一人であること。

いまのところカノンは順調に王太子ルートを進んでいるけど、『クラ乙』にはハーレムルートもあるんだよね。

カノンの行動によっては、ティオネ様が傷つきかねない。

やっぱり、カノンの動向には注意しておかなくちゃ。


そうしてパーティーは無事（？）終了し、私はマリア様たちと別れた。

迎えの馬車を待っていた私は、いまにも叫び声を上げそうなくらい上機嫌《じょうきげん》だ。

別れ際に、ティオネ様が「よろしければ明日から、お昼をご一緒しましょ？」と誘ってくださったからね!!

嬉しすぎて、頭ブンブン振っちゃったよ。

もちろんヨコでなくタテにです。

「フフ♪　フフフ……くふふふっ♪」

ああ、信じられない！

超超超素敵だった！　マリア様。

やっぱ天使だった！　ティオネ様。

馬車がやってきて、ニヤニヤしながら乗り込もうとしたその時——

ちょっとした事件が起きた。

マリア様とティオネ様のファンクラブの皆様に、声をかけられたのだ。

最初は「抜け駆けするな！」と怒られてしまったんだけど、お二人への熱い思いを語ったところ、なんとファンクラブに入れてもらえることに!!

ヒャッホイ！

会員ナンバー一〇〇番です。

一〇〇番とか、またキリがいい感じだね。

明日、ファンクラブの冊子をいただけるそうだ。

ついでに、会長のサラ・フォルティール伯爵令嬢秘蔵の絵姿コレクションも見せてもらえることになった。

楽しみっ！

つい素《す》の自分丸出しで愛を語ったものだから、皆様に「エリカ様、なんだか変わりましたわね」とツッコまれてしまったのだけれど、うまく誤魔化《ごまか》せたので結果オーライ。

そんなこんなで、私は邸《やしき》に帰ってきた。自室のソファに寝転がりながら、まだニヤニヤ笑いをやめられないでいる。

「んふふふふふ」

モフモフ毛玉をぎゅー！　としようとクロに手を伸ばしたんだけど、逃げられた。

もう一匹のモフモフ、三毛猫《みけねこ》に擬態《ぎたい》したフィムは、毛糸の玉で遊ぶのに夢中で相手をしてくれない。ちなみにこの毛糸玉は、最近の彼のお気に入りである。

スライムなのに、擬態《ぎたい》していると習性まで似てくるものなのだろうか。

それとも、スライムも玉遊び好き？

ま、可愛いからなんでもいいけどね。

私は仕方なく手近にあったクッションを抱き締める。

ああ。まだニヤニヤが止まらない！

明日から、マリア様たちと一緒にランチだなんて。

そんな私に、クロが一言。

『……キモい』

なんだとコラッ！

そんなこと言うやつには、もうお魚あげないぞ！

✣ ❖ ✣

「ここまでで大丈夫ですわ。ありがとうございました、アーサー様」

にっこり笑って、私――カノンは、隣に座る王太子殿下の手をそっと握る。

するとアーサー様は少し頬を赤く染めて、私の手を握り返した。

「別れなければならないのが残念だ。早くキミを私の妃《きさき》として迎えたいな。そうすれば、キミをあのような家に帰さないですむ」

「……そのようなことをおっしゃってはいけませんわ」

私はあえてアーサー様の手を振りほどいた。

ほんの少し身を引いて、馬車のドアに手をかける。

顔はうつむきがちにしつつ、視線だけはアーサー様に向けて、上目遣いになるように。

自分のこのような仕草が、異性にどのように映っているか、私はよく知っている。

「私は平民です。いまはただ、聖属性だというだけで特別に学園に通わせていただいているにすぎません。本来なら、こうしてアーサー様とお話しするだけでも身に余ることなのです」

「なにを言う。学園では平民も貴族も、王族も関係ない。皆ただの生徒にすぎないんだ。中にはそれを理解していない者もいるが……」

アーサー様の顔が苛立《いらだ》ちに歪《ゆが》む。

私は、クッと口の端が吊り上がりそうになるのを我慢した。
あなたがそれを言うのか、と。
あなたこそ、誰より王族としての権威を振りかざしているクセに。
もっとも、無自覚なのだから仕方ないのかしらね。
この方はいつもそう。あの時も、あの時も、あの時も。いつだってそうだった。
何度繰り返しても、この方は変わらない。
バカな人。
でも、知らないフリをしてあげる。
あなたを尊敬して、愛しているフリをしてあげる。
バカで愚《おろ》かで可愛い、私の大事な大事な駒《こま》の一つだから。
「また明日、お会いできるのを楽しみにしておりますわ」
「朝、迎えに来てもかまわないか？」
「ええ、もちろん」
当然でしょう。
私を歩かせるつもり？
そんな本心をおくびにも出さず続ける。

「私のような者がアーサー様の馬車に同乗させていただくのは、本当は許されないことなのでしょう。でも、早くお会いしたいですもの――」

恥じらうようにわざと言葉を区切り、一度目を逸らしたあと、ふたたびアーサー様の瞳を見つめて言う。

「アーサー様、あなたに」

ひっそりとささやくと、アーサー様が喜色《きしょく》を浮かべる。

ああ、やっぱりバカで可愛い人。

私は「失礼します」と告げて馬車を降り、豪奢《ごうしゃ》なそれが走り去るのを見送った。

これで何度目だろう。

何度も、いや何百回と繰り返されたやり取り。

死んではまた、同じ時間を繰り返す。

予定調和な、シナリオ通りの世界。

でも私は気に入っている。

なぜなら、私はこの世界のヒロインなのだから。

七

登校二日目。

学園の門の前で馬車を降りた私は、胸が押し潰されるような不安と、恐怖に襲われていた。

身体から血の気が引いていく気がして、足が地面に吸いつけられたように動かない。

初日のパーティーは案外楽しく過ごせたから忘れていたけれど、私はこのままいけば死刑になる可能性が高い。

学園でのこれからの振る舞いで、私の生死が決まるのだ。

そう思うと、足がすくんで動かなかった。

いつまでも立ち尽くしたままの私を訝《いぶか》しげに見ながら、生徒たちが次々と中に入っていく。

(このまま馬車に戻って、邸《やしき》に帰ってしまおうか……)

そんなうしろ向きな考えが頭をよぎったその時。

「あら、エリカ様。ご機嫌《きげん》よう」

「「「ご機嫌《きげん》よう！」」」

会長のサラ様以下、ファンクラブの面々が声をかけてくれたのだ。

「お顔の色が優《すぐ》れないようですわ。大丈夫ですの？　保健室にお連れいたしましょうか？」

「いえ、大丈夫ですわ」

私はそう答えながら、サラ様に合わせて足を動かす。するとあれほど固まっていた足があっさりと門の内側を踏んだ。

「……少し、緊張してしまって」

そんな弱音がさらりと口からこぼれたことに、自分でびっくりした。

「学園は小さな社交界ですものね。私たちもそうですわ。気が張ってしまいます。だから放課後は皆でサロンに集まって、ささやかに愚痴《ぐち》を言い合ったりしますのよ。ファンクラブでティールームを一つ確保しておりますの。エリカ様も是非《ぜひ》いらして？」

「ありがとうございます。是非《ぜひ》」

「今日の放課後はいかがです？　私、お約束していた秘蔵の絵姿コレクションを持って参りましたのよ？」

なんですと！

「行きます行きます！　是非《ぜひ》に!!」

私はサラ様の手を取って、ガシッと握り締めた。

いつの間にか、心がずいぶんと軽くなっている。

私はサラ様に感謝しながら、校舎に入っていった。

王立貴族学園一年の特別クラス。
わたしが所属するこのクラスには、カノンと四人の攻略対象キャラが集まっている。
王太子アーサー様と、そのご学友という名の金魚の糞《ふん》たちだ。
アルビス辺境伯のご子息、ガイ・アルビス様。
フィルティアーサ神教会の大司教のご子息、ルイス・ゴルドン様。
宰相のご子息、ナサル・ハーウェイ様。
見事に国の重鎮《じゅうちん》のご子息が同じ学年にそろったもんだよね。
しかも、わずか十人のクラスメイトのうち、アーサー様を入れて四人が攻略対象って
なんなのさ。
アーサー王太子の取り巻きは、三人全員がカノンの攻略対象であり、私にとっては敵

である。というか、敵にも味方にもなってほしくない方々かな。

関わり合いにならないのが一番だと思っていたけれど、よく思い出してみれば、王太子とカノンだけじゃなくて取り巻きの三人とも同じクラスだった……。

そりゃ、げっそりもするってもんでしょ。

思いがけずマリア様やティオネ様、サラ様を筆頭《ひっとう》とするファンクラブの方々とお友達になった私だけど、残念なことにクラスではボッチだ。

マリア様とティオネ様はお隣のAクラス、サラ様がBクラスだからね。

さみしーよーう。

いざ一人で敵だらけの教室に入るとなると、さみしさに気持ちが沈む。

孤独に耐えられなくなって、休み時間はトイレに避難した。

貴族の令嬢としてはありえないよね。

でもまあ、こうしていれば攻略キャラたちと関わらないですむ。

授業が終わると同時にトイレに逃げ込んで、次の授業がはじまる直前に教室に戻る。

そんなことを繰り返していたら、午後の授業が終わったあと、王太子の取り巻きの一人ガイ様が私に近づいてきた。

「腹を壊してるのか？」

令嬢に尋ねるにはあまりに直接的すぎる聞き方だが、ガイ様に言葉以上の意図はない。裏表がないというか、ちょっとアホな子なの？　って言いたくなるような天然キャラなのだ。

ゲームの攻略キャラの中では、一番地味で目立たないけど、よく見ると実はイケメンな天然キャラって立ち位置だった。

いい人なのに、なんでアホ王太子の取り巻きなんかしてるんだか。

そんなガイ様の天然発言に、ナサル様が悪意を乗せてきた。

「ふんっ、授業が終わるたびに腹痛か？　エリカ嬢はずいぶん腹が弱いんだな。……無理をして登校せずに、邸《やしき》にこもっていればどうだ？」

カッチンときた私は「いいえ、大丈夫ですわ。ご心配なく、おほほ」と返す。

するとそのやり取りを見ていたカノンが、わざと私に聞こえるように言う。

「嫌ですわ。ガイ様もナサル様も、女性に対して腹痛だなんて失礼ですわよ」

ああ……どいつもこいつも鬱陶《うっとう》しいったらない。

特にカノンと王太子はゲームと違って嫌な感じだし、頭も悪そうでいちいち絡まれると堪《たま》らない。

教室を飛び出し、トイレの個室に閉じこもった私は、マリア様の絵姿を見てなんとか眉間の皺《しわ》を伸ばした。

また明日も休み時間のたびにトイレなのかな？

貴族の令嬢……というか女子としてどうなんだそれ。

はじまってしまった学園生活。

まずやるべきことは、トイレ以外の避難場所を確保することかもしれない。


放課後。学園内にあるティールームの一つで、私はファンクラブの皆様と、サラ様秘蔵の絵姿コレクションを眺めながらお茶を楽しんでいた。

学園には生徒専用のティールームがいくつかあって、放課後になるとそこでお茶したり、おしゃべりしたりできる。

一番大きくて豪華なお部屋は、王太子と取り巻きたちの専用になってるから、他の生徒はそれ以外のお部屋を事前に予約して使うのだ。ファンクラブでは一室を常にキープしているそうな。

エリカも、学園に入ったばかりの頃は、取り巻きの令嬢たちと何度か使用していた。

その取り巻きたちは、もう近寄ってこないけれど。

ここはその時に使っていた部屋と比べるとちょっと手狭ではあるものの、元日本人で庶民の私にはちょうどいい。

「……はぅっ！　これも素敵です!!」

「ですよねっ！」

「あっ！　でもでも、これも捨てがたい！」

「こちらは前回の舞台のご衣装ですわね。まさに王子様とお姫様ですわ」

「こっちのマリア様は海賊《かいぞく》？」

「ええ、こちらは前々回の公演『海賊《かいぞく》と騎士団』のご衣装ですね」

海賊《かいぞく》！　ああ見たかった!!

エリカは演劇部の舞台を全然見に行ってなかったみたいで、記憶にないんだよね。

「騎士団の団長役としてカイル様が出演なさったのも素敵でした」

へえ、カイル様が。忙しそうなのに、サービス精神旺盛《おうせい》っていうか、付き合いのいい人だ。

カイル様も学園内では人気が高く、ファンクラブがある。

カイル様のファンクラブ会員は美人ぞろいで、彼を囲んで歩いている姿は目の保養だった。

ファンクラブ以外の女子生徒たちからも黄色い歓声が上がっていて、学園のアイドルですかっ？　ってな感じ。

まあ、私のアイドルはマリア様とティオネ様だけどね。

「カイル様も素敵ですけれど、やっぱりマリア様の凛々《りり》しさには敵《かな》いませんわよ」

一生懸命お嬢様言葉で言うけれど、舌を噛みそうになる。

そんな私の様子には気づかず、皆様「それもそうですわね」とうなずき合っていた。

「それにしても、エリカ様がこんなに楽しい方だなんて知りませんでしたわ」

そう言ってニッコリしてくれたのは、副会長のミランダ・バジェット伯爵令嬢。

「本当に。失礼ですけど、正直もっと取っつきにくい方かと……」

会長のサラ様もうなずいてそう言う。

はは。ま、そうだよね。

っていうか、実際エリカは取っつきにくいタイプだっただろう。

私はニッコリ笑って、首をすくめる。

「こんな私ですけど、仲よくしてくださる？」

「「「「もちろんですわ」」」」

お二人だけでなく、部屋にいたファンクラブの皆様が声をそろえて言ってくれた。

やば、ちょっと泣きそう。

「うふふ、お仲間ですものね。ところで、本日はマリア様たちとお昼をご一緒なさったとか」

サラ様に言われて、私は内心ギクッとした。

今日のお昼は、パーティーの時に約束した通り、マリア様とティオネ様と一緒に食堂で食べたのだ。

「え……ええ、ごめんなさい。抜け駆けみたいで、皆様気を悪くされてないかしら」

「お気になさらないで。エリカ様ならお二人と並んでもすごく絵になりますもの♪」

ありがとうございます、サラ様。

でも、そんなふうに思わない人もいるかもしれないから、気をつけないといけないね。

「お二人とも、今日はどんなものを召し上がっていたの？　私、今日はお二人の近くの席を確保できなくて」

ミランダ様の言葉に、私は記憶を探る。

「マリア様はサンドイッチを、ティオネ様はハンバーグ定食を頼んでいましたね」

ティオネ様がハンバーグ定食を頼むなんて意外だった。

ハンバーグといえば、この世界では庶民食の定番だ。

ティオネ様のお盆を思わず二度見してしまった私に、彼女はうっすら頬を染めて、「好きなんですの。ハンバーグ」と恥ずかしそうに言っていた。

「お好きですよね、ハンバーグ」

「そんなところが可愛いんですよね」

皆様よくおわかりで。やっぱりお仲間だね。

ああ、楽しい！

考えてみれば、こうして同じ年頃の女子と集まって会話をするということ自体、日本にいた頃を入れても久しぶりだ。

ネットのオフ会では、年上が多かった。バリバリ稼いでオタクに生きるキャリアウーマンや子育てが一段落した主婦とかね。

そんな中、まだ十代だった私は可愛がってもらっていたけど、同年代の友人というのは少なかったし。

そんなこんなで、私は思う存分マリア様とティオネ様について語り合い、放課後の楽しい時間はあっという間にすぎていった。

八

二学期がはじまって一ヶ月弱。

学園に通うようになってからの私は、非常に規則正しい生活を送っている。

朝起きてまずリリーナをお供に、庭をウォーキング。

それからヨガをしてシャワーで汗を流し、朝食を取る。

それから学園に行って授業をこなし、休み時間にはトイレへ。

お昼はマリア様とティオネ様と至福のひと時を過ごし、三日に一度はティールームでファンクラブの皆様と放課後のティータイムを楽しむ。

それ以外の日の放課後は、一度邸《やしき》に戻ってフィムに変身してもらって留守番を頼み、ココルに向かう。

といっても、私が店で接客することはない。万が一にも、学園の生徒に見られるわけにはいかないしね。

私は主に作業場にいて、帳簿の確認と整理を行《おこな》っている。あとは書類へのサインに、新商品の企画とデザインについての打ち合わせ。

それらが終われば、街へ散策に出ることもある。

今日も私は書類仕事を片づけ、街へ繰り出そうとしていた。

その前に、少々着替えを。

髪は下ろしたままサイドだけハーフアップにして、念のため眼鏡《めがね》をかける。

メイクは少し濃いめに大人っぽく仕上げた。もともときつめの顔立ちをしているだけに、こういうメイクが映《は》える映《は》える。

これなら二、三才は年上に見えるかな？

服は店で売っているもの。靴や小物も、すべて店で売っているものでそろえた。

若草色のワンピースに、エナメルっぽい光沢のある生地で作ったハイヒール。

ハーフアップにした髪は、小花を二つ縫《ぬ》いつけたリボンでまとめている。

どれもココルの新作だ。

こうして身につけて街を歩くことで、自分をモデルに宣伝しようってわけ。

それにしても……

可愛い！　超好み!!

私は作業場にある姿見の前でくるんと回ってみる。

いま着ているのは、シンプルなAラインのワンピース。

ウエストの高い位置に切り返しがあって、袖は七分だ。まだちょっぴりポッチャリなお腹も二の腕も目立たないデザインになっている。

なにより色がキレイで可愛い。

以前の私にとってはかなり冒険的な色だけど、きっとエリカだったら着こなせると思ってたんだよね。

……着こなせてるよね？

ちょっぴり緊張しつつ廊下に出ると、そこには猫のココルがいて、ぱっちり目が合った。

ココルは白猫で、脚先と額《ひたい》の菱形《ひしがた》みたいな模様だけが黒い。金色の瞳がクリッと大きいカワイイコちゃんだ。

「ココル、どう？　似合うかしら」

私はココルの前で、くるんと一回転してみせた。

『似合う！』

素直なイイコだねっ！

クロにも見習ってほしいわ！

「んふふ、ありがと。ラナさんに煮干しを預けとくから、あとでもらってね」

ココルへのお土産《みやげ》に煮干しを持ってきておいてよかった。
ココルに手を振って階段を下りていくと、店内はたくさんのお客たちで埋まっていた。
目新しい商品に手頃な価格の他、メイクやヘアアレンジは丁寧にアドバイスも行《おこな》って
いることが受けているらしい。
私や従業員の皆が自分をモデルに宣伝しているのも功を奏《そう》しており、口コミは広がる
ばかり。
店には若いお嬢さんたちが連日詰めかけている状態だ。
メイク専用のカウンターを作ってもいいかもしれないわね。
そうするとここでは手狭だし、従業員の数も足りなくなってくるけど。
……ってかすでに足りないよね。
本当はラナさんには商品作りに専念してほしいところなのに、最近店頭に立ってもら
うことが多くなってきているのだ。
「従業員の増員と、二号店の準備もしておいたほうがいいかな？」
もう少し広くて、できれば二階も店舗にできる建物がいい。
だがそうなると、ラナさん以外にも職人が必要になるだろう。
この辺の話は、ラナさんと相談かな。

ウム、と一人うなずいて、ラナさんと従業員に軽く頭を下げてから店の外に出た。

まっ、お店の経営が順調なのはいいことだよね！

新装開店して一ヶ月と少し。

予想を上回る勢いで商品は売れてゆき、初期投資分は早くも回収できそうだ。

店の前で一度伸びをしてから、機嫌《きげん》よく歩き出そうとして——

「あれ？　エリカ嬢？　珍しい装《よそお》いだけど、そういうのも可愛らしいね」

私の前方から、そんな声が聞こえてきた。

ふふふ。そうでしょう？　可愛らし……え？

声のほうに視線を向けた私は、絶句した。

……んなな、なんでこの人が！

そこには、カイル様がいた。そのうしろには、すらりとした背の高い美人を連れている。

思わずあとずさりしてしまい、背中がお店のドアにぶつかる。

「あいたっ！」

「大丈夫？」

は？　大丈夫っちゃあ大丈夫だけど、大丈夫じゃないよ！

なんであなたがこんなところにいるんですか!!

ってか私、変装してるんだけど、なんでバレた!?

「エリカ嬢？」

軽く前屈《まえかが》みになって私の顔を覗《のぞ》き込んでくるカイル様。

「……は、え、ええ。大丈夫です」

はあ、こんなに間近で見ても、キレイな顔だ。

よく見ると、目元のあたりが少しマリア様に似ている。

まあ従兄妹《いとこ》だもんね。

っていうか近い。近すぎる。

学園でも有名な遊び人のカイル様からすればなんてことない距離感なんだろうけど、私みたいな干物《ひもの》オタクには心臓に悪い。

端《はた》から見たら、キスでもするのかっていうくらいの至近距離だ。

……って！　キスとか、なに考えてんだ私！

ないない！　ありえないっつの!!

どうせキスするなら、私でなく別の美人さんにお願いします！

私はそれを見てニヤニヤしたい。

「カイル様、あの、近いです」

「ん？　ああごめんね？」

カイル様は、すぐに離れてくれた。

私は少し余裕を取り戻してカイル様に尋ねる。

「ご機嫌《きげん》よう、カイル様。デート中……ですか？」

うしろの美人さんを見て言う。

年上……だよね？　少なくとも学生には見えない。

二十代前半か、もしかしたらなかばくらいかも。

ま、まさか既婚者ですか？　不倫ですか？　それはマズイでしょう！

この世界では、平均結婚年齢がわりと若い。

私たちくらいの年には婚約者がいて、卒業と同時に結婚するのが普通だ。

平民はそれよりも少し遅くなるけど、それでも二十代前半には結婚している女性のほうが多い。

「あ、エリカ嬢、誤解してない？　違うよ。彼女は未亡人だ」

「……はあ」

未亡人なら、いいのかな？　もうわからん。

ってかなんで、私の思考読まれてんの？

まあいいや。もう逃げよう。うん。それがいい。私にはやるべきことがあるのだ。

「楽しそうでよろしいですわね。では私はこれで」

こんなところでチャラ男と話してる暇はないのよ。

私は日本人だった頃からこういうタイプが苦手だ。

いや、見ている分には大好物だけど、私自身が関わるのはごめんなのです!!

カイル様の横をすり抜けて逃走を図《はか》ろうとする。

「ちょっと待って?」

カイル様が私の背後のドアに腕を突いて、行く手を塞《ふさ》ぐ。

なんなの?　なにこれ?　これってアレだよね。

いわゆる壁ドン。

待ってくださいよ、もういまは壁ドンの時代じゃないから!

ってか、こういうのは私じゃない人にお願いします!!

「……カイル様?　なんのおつもりですの?」

私は激しく鳴る心臓の音を聞きながら、どうにか声を絞《しぼ》り出す。

「エリカ嬢こそ、こんなところでなにをしているのかな?　変装までして」

「ええと、お買い物です」

「一人で？」

うぐ。痛いところを……

「まさか、違いますわ。それよりいい加減にこの手をどけてくださいませ。人に見られたら誤解を招きかねませんので」

私がやんわりと腕を押すと、カイル様はあっさり引いてくれた。

だけど、まだ私の行く手を塞《ふさ》ぐように立っている。

「侍女と待ち合わせをしておりますの。早く行かないと心配させてしまいますので、失礼いたしますわね」

「普通、待ち合わせるなら店の前じゃない？　それらしき人は見当たらないけど」

「すぐそこで待っていますから」

私はだんだんイライラしてきて、口調が強くなってしまう。

淑女《しゅくじょ》としては失格だけどね！

こいつも紳士失格だからかまわないよね！

「一人でお忍びなんでしょ？」

「違いますってば！」

ああもうっ!!

私は無理やりカイル様の束縛から逃《のが》れた。

「一人は危ないよ？」

無視だ無視。さっさとこの場を離れよう。

歩きかけたところで、そばで成り行きを見守っていた美人さんと目が合った。

にこりと笑ってくれたので、こちらも引きつり笑いを返してペコリと軽く頭を下げる。

「エリカ嬢、ちょっと待って」

カイル様はそう言ってから、美人さんになにやら声をかけた。

視線の先で、カイル様が美人さんの頭に優しく手を添《そ》えて、額《ひたい》にキスをする。

私はというと、早くその場を離れたいと思いつつも、美男美女が寄り添《そ》う姿につい目がいってしまう。

……うひょひょひょひゅん!!

内心、妙チクリンな叫び声を上げた。

だって！　だって！

おでこにチューとか!!

ドラマの中でしか見たことないよ！

現実でやる人がいるなんて。

けれど様《さま》になっているのが恐ろしい。だって美男美女だから！

もう一度言うよ。だって美男美女だから！

見ていて恥ずかしすぎる。でも見たい。

ってゆーか記録に残しておきたかった。スマホがあれば、すかさず写メったのに！

カイル様は美女から離れると、まっすぐに私のほうへ歩いてくる。

私はあまりの衝撃に足が止まっていて、すぐに追いつかれてしまった。

「……デートはよろしいのですか？」

「今度ちゃんと埋め合わせするから」

「そうですか」

「で、どこに行くの？」

「あなたには関係ありません。ついてこないでください」

早足で歩きながら答える。

「そうはいかないでしょ。世間知らずなお嬢様を、こんなところで一人にはできないからね」

「ですから、侍女と待ち合わせをしておりますので、一人ではありません」

「だったら、そこまで送るよ」

「結構です！」

「なら、うしろからついていく」

尾行宣言かいっ！

「ここでエリカ嬢を逃がして、もし誘拐でもされたとなったら、マリアやティオネに申し開きできないしね。エリカ嬢は二人の大事な友達だからさ」

ぐっ、ここでお二人の名前を出してくるなんて。絶対性格悪い。

……はあ、これはダメだ。私にはこの人から逃げ切れる自信がない。

私は足を止め、カイル様に向き直った。


「……まだ食べるんだ？」

「あら、だって美味《おい》しいんですもの」

私は三色団子《だんご》を頬張りながら答えた。

貴族の令嬢は、こういうものをなかなか口にできないしね。

屋台の串焼きとか、団子《だんご》とか。

まして食べ歩きなんて、エリカになってからは初めてだ。

いまだけはダイエット忘れていいよね！

カイル様にしつこくつきまとわれた私は開き直った。

お忍びだと白状して、ついでにカイル様を利用させてもらうことにしたのだ。

そうして私は、一人では行けない庶民街の下町——屋台や露店のひしめく通りにやってきた。

このあたりは、雑多で猥雑《わいざつ》で、怪しい店もいっぱいだ。

なんの肉だかわからないけれど、美味《おい》しそうな匂いの漂《ただよ》う串焼き。

呪われてない？　と言いたくなるような、不気味な仮面。

路上に広げられた布の上には、あきらかに偽物の宝石やアクセサリーが並んでいる。

向こうの店に並んでいるあれは、もしや綿菓子!?

夜店かここはっ！

「あちらの店のお菓子も食べたいですわ」

私はいそいそと移動して綿菓子を購入する。

「カイル様もいかがですか？」

一応聞いてみる。

カイル様と綿菓子。似合うような似合わないような。

「いや、俺はいいよ」

「そうですか。……っは！　アレはっっ！」

チョコバナナ！　懐かしい！

ウフフ、ウヒヒと笑いながらさっと購入してバナナをぱくり。

あっちへフラフラ、こっちへフラフラしていると、何度か通行人にぶつかってしまった。

そのたびにごめんなさいと頭を下げる。

もうほとんどカイル様の存在を忘れて楽しんでいると、手が伸びてきて腕を掴まれた。

「そのうち迷子になった挙げ句、誘拐されそうだから」

そう言ってカイル様が私の手を握る。

しかも恋人つなぎで。

「大丈夫ですから離してください！」

めっちゃ恥ずかしいわっっ！

男性と手をつないだのなんて、小学校以来ではなかろうか。

「エリカ嬢。あっちに、好きそうなのがあるけど」

カイル様が指さした先には、なんとリンゴ飴《あめ》が！

ますます夜店感がしてくる!!

私は手を離すのも忘れて、カイル様を引きずるように道の反対側に向かう。

ああ！　イチゴ飴《あめ》もある！

うーむ、どちらにしようか。

悩んだ末、この場で食べる用にリンゴ飴《あめ》を一つ。

自分の分とココルの皆へのお土産《みやげ》、そしてカイル様にと、イチゴ飴《あめ》を五つ買った。

四つのイチゴ飴《あめ》を袋に入れてもらって、一つをカイル様に渡す。

「お付き合いいただいているお礼ですわ。これなら小さくて食べやすいと思います」

「ありがとう」

カイル様の手にイチゴ飴《あめ》が握られる。

うーむ、レアな光景だ。

しかしイケメンはイチゴ飴《あめ》も似合ってしまうのか。

カイル様はすぐにイチゴ飴《あめ》をぱくりと口に入れた。

私もリンゴ飴《あめ》をちょっとずつかじりながら、二人でのんびり歩く。

屋台でお金を払う時に、一度手を離したはずだった。なのに、いつの間にかまた手が握られている。

けれど、ものすごく自然でさり気なくて、あんまり気にならなかった。

カイル様の手は、案外骨っぽくてちょっとだけゴツゴツしている。剣ダコかな？　手には硬くなっている部分がある。

屋台の並んだ通りから、人混みを避《さ》けて脇道に入った。

脇道といっても細い路地ではなく、それなりに露店が立ち並んでいて、奥には小さな教会も見える。

人混みを抜けたからか、少し足の疲れが出てきた。

こういうのってあるよね。

お祭りのあととか、帰りの電車に乗り込むと途端にドッと疲れが湧いてくる、みたいな。

「あちらに行きましょう」

私はカイル様に言いながら、手を引いて教会のほうへ歩く。

教会の横には、たいてい孤児院と公園があるもの。

教会の規模からして、どちらも小さいだろうけど、公園にはベンチがあるはずだ。

教会に近づいていくと、思った通り小さな公園があった。

日本の公園のように遊具や砂場があるわけではなく、ただ小さな花壇がいくつかあって、古い色褪《あ》せた木製のベンチが置いてあるだけだ。

花壇のそばには二人の男の子が座り込んで、新しい花を植えている。

孤児院の子供たちかな？

顔立ちが似ているので兄弟だろう。

私たちは空《あ》いたベンチに座って、なんとはなしに彼らを眺める。

二人とも手が土まみれだ。弟くんが適当に苗を埋めようとするのを、お兄ちゃんが修正していく。

あぁっ！　弟くんが土まみれの手で頬をゴシゴシした。

当然顔は土まみれ。

それをお兄ちゃんが懐《ふところ》から取り出した布で拭いている。

「可愛いですわね」

そう口にしたが、返事がない。

私は隣に座っているカイル様に視線を向けた。

彼の顔を見た瞬間、心臓がトクンと鳴る。

カイル様は、静かに兄弟を見つめている。

その眼差《まなざ》しに、胸がキュンとしてしまう。

穏やかで、優しくて、どこか懐かしそうで。

切なげで、哀《かな》しい。

……カイル様。

自分の兄弟のことを、思い出しているのだろうか。

カイル様には兄が二人いる。

第一王子のルルド・ネスト・ヘイシス殿下と、第二王子のサナム・ネスト・ヘイシス殿下。

長男のルルド殿下のお母様が、もっとも身分の低い側妃《そくひ》だ。

次男のサナム殿下は、ルルド殿下の母よりも身分の高い側妃《そくひ》の子。

そして第三王子のカイル様は、正妃の子なのだ。

ヘイシス王国の次期国王の座を巡る争いは、三人の王子の母親の身分差に起因する。

王太子は第一王子のルルド殿下。

けれど、強いうしろ楯《だて》を持ったサナム殿下を推《お》す貴族や、正妃の子であるカイル様を推《お》す貴族もいる状況だ。

特にその中でも、ヘイシス王国を内乱寸前にまで追い込んだのは、強硬な姿勢の第二王子派。

その第二王子派に命を狙われたカイル様は、国を離れたのだ。

カイル様のお母様は、彼が幼い頃に亡くなっており、第三妃であるルルド殿下のお母様に育てられる。この第三妃ができた人で、カイル様のことを自分の息子と分け隔《へだ》てなく育てるんだよね。

カイル様はこの国に来るまで、第三妃を母親、ルルド殿下をお兄様として、いつも一緒に過ごしてきたはず。

カイル様とルルド様の兄弟仲はすごくいい。

だからこそ、カイル様は後継者問題から一歩引いて、この国にいる。

私はカイル様の横顔から目を逸らし、花壇に仲よく苗を植える兄弟をボンヤリと眺めた。

「そろそろ行こうか」

いつもの飄々《ひょうひょう》としたチャラ男の顔になって、カイル様が手を差し伸べてくる。

私がそれを取ると、少しだけ強く手を握られた。

わずかに手が痛んだけれど、顔には出さず微笑んで立ち上がる。

ヒロインは……カノンはカイル様をどうするのだろうか。

カイル様攻略を狙うのだろうか。

カノンの攻略対象たちは、彼女と結ばれようと結ばれまいと、その先の人生はさして変わりがない。

傍《かたわ》らにカノンがいるか、それとも別の人がいるかどうかくらいの違いだ。

けれど、カイル様は例外だ。

もしカノンがカイル様を攻略したら、彼は大切なものを失ってしまうのだ――

九

トントントン。

音が響いてくる。

なんの音だっけ？

ああ、そうか。包丁の音。

キッチンで夕飯を作るお母さんの包丁の音だ。

「姉ちゃん、またバス乗り遅れてたって？」

弟の裕翔《ゆうと》がそう言った。

「……ぐふっ！」

なんでそれを!?

「お、遅れてないわよ？」

「うっそ。きなこがバス停で見たって言ってたもん」

きなこちゃんこと木浪七海《きなみなな》ちゃんは裕翔の彼女だ。

中二で彼女がいるとか、生意気。

私にはまだ彼氏なんていたことないのにさ。

でもそっか。きなこちゃんも同じバス停を使ってるんだ。

恥ずかしいところを見られちゃってたらしい。

「ふん、一本くらい遅れたって、バイトには遅刻しないからいいのよ」

ギリギリになっちゃうんだけどね。

「その割にはめっちゃ焦ってたって言ってたぜ？」

いったいどんだけ近くで見てたんだ！　きなこちゃん。

「うーるーさーいー」

「俺より一時間半も出るの遅いクセに」

「私はいろいろ忙しいから、夜寝るのが遅いの」

「忙しいって、どうせゲームだろ？　なんだっけ？　なんとかっていう乙女ゲー。あんなんばっかりしてっから彼氏できないんだよ」

「ほっとけ！」

「二人ともケンカしてないで、テーブルの上、片づけてちょうだい。もうご飯できるから」

「「はーい」」

ああ、お母さんのご飯美味《おい》しいんだよね。

この日のご飯は、豚汁《とんじる》と秋刀魚《さんま》の塩焼きと冷奴《ひややっこ》とたくあん。

これが私の、日生楓の最後の晩ご飯――

目を開けると、見覚えのない天井が見えた。

一瞬「ここどこ？」と思って、すぐに自分の部屋だと気づいた。

生まれ変わって初めて、日本にいた時の夢を見た。

あれは、私が死ぬ前の日の晩。

……お母さんの豚汁《とんじる》食べたいな。

もう二度と食べられないんだ。

豚汁《とんじる》自体は、料理長に頼めば作ってもらえるけど、それはお母さんのじゃない。

じわ、と目の奥が熱くなって、慌てて指でこする。

『ご主人様？』

足元から聞こえてきたフィムの声に、「なんでもないよ」と答えてベッドから起き上がった。

「おはようフィム」

『おはようございます』

スライム姿のフィムはそう言って、ピョンと跳ねた。

それにしても、なんであんな夢を見たんだろうか。

アレかな？　公園で見た兄弟に、カイル様だけでなく私の郷愁《きょうしゅう》も刺激されたのだろうか。

ギュウッと胸が締めつけられる。

お父さん、お母さん、裕翔……

日本の私の家は、ごく普通の平凡な家庭だった。

オルディス侯爵家みたいに、貴族でもお金持ちでもない一般家庭。

それでも私は、結婚するならお父さんとお母さんみたいな夫婦になりたいと思っていたし、生意気だけど優しい弟のことだって大好きだった。

私はいつの間にか頬が涙で濡れていることに気づき、手で拭《ぬぐ》って顔を上げた。

視線の先には、白い机と引き出し。

その中には私の秘密を記《しる》した紙が隠してある。

エリカとして目覚め、まず私は思い出せる限り日本のことを、紙に書きなぐった。

家族の名前、自分の名前、数少ない友人の名前。

住んでいた町のこと、バイト先のこと。

書いているうちにどんどん涙が滲《にじ》んで、それでも指が痛くなるまでひたすら書き続けた。

それらはすべて日本語で書いている。

だから他人に見られたところで、内容はわかるはずもないのだけれど、それでもこれは私の秘密だ。

決して誰にも見せることのない秘密。

口からそんな言葉がこぼれてしまう。

「帰りたいよ……」

日生楓は死んだのだ。

あの日に、トラックに撥《は》ねられて。

きっととっくに葬式だって終わって、私の帰る身体も、場所も、なにもない。

私はここでエリカ・オルディスとして生きていくしかない。

……わかってるのに。

両目からはボロボロと涙が溢《あふ》れて止まらない。

その時、私の太腿《ふともも》の上に、ふわりと柔らかくて温かいものが乗った。

「……クロ」

ザラリとした感触の舌が私の手を舐める。

『……しゃーないから、ちょっとだけモフってもいいぞ』

クロがツンと鼻を上向かせて言うのを見て、私は小さく笑った。

「ちょっとなんてケチらないで、たまにはたっぷりモフらせなさい！」

わざとお嬢様口調で言った私を、クロは鼻で笑う。

『ボクもー、ボクもいいですよ』

フィムがおっきなラブラドールっぽい犬に擬態《ぎたい》して近づいてくる。

私は喜び勇んでフィムにギュウッと抱きついた。

フィムと私に挟まれたクロが、『ギュムッ』と潰れた声を上げる。

悪いけど、聞こえなかったことにしよう。

いまだけ、ほんの少しだけ。

甘えさせてもらおう。

ふわふわモフモフに顔をうずめて、ひとしきり泣きわめいた。

しばらくして、リリーナが「お嬢様、起きていらっしゃいますか？」と声をかけてきた。

私は慌てて顔を上げ、『ヒール』の魔法を目元にかける。

目元の腫《は》れが引いたのを姿見で確認して、ついでにワンピースタイプの寝間着を整えて身繕《みづくろ》いもする。

「おはよう、リリーナ。起きているわよ」

私が声を上げると、リリーナは「失礼します」とドアを開けて入ってくる。

水の入った桶二つと、タオルを載せたカートを押している。

私はその水で顔と歯を洗い、タオルで水気を拭いた。

その間にリリーナは、隣の衣装部屋から私の服を出してくる。

本日は水色のエプロンドレスだ。

背中側にボタンがあって、一人では着られないタイプの服だった。

私はリリーナに柔らかい生地のコルセットをつけてもらい、ドレスを着せてもらう。

この世界では、女性の下着はコルセットとドロワーズが主流だ。

部屋着の時は、薄い生地のシュミーズを着る。

……下着も売れるんじゃないかな。

あまり革新的なものは受け入れられにくいだろうけど、例えばパッドつきのシュミーズとかどうだろう。

私は大人しく着せ替え人形になりながら考える。

私のお店――ココルは順調に繁盛していて、私は着々と隠し資金を増やしている。

とはいえ、いま断罪されて身一つで放り出されでもしたらって考えると、まだ心もとない金額だ。

そろそろ新商品を増やして、もう一息稼いでおきたいところだよね。

やがて着替えが終わり、軽く化粧を施《ほどこ》して髪を整えたら支度は終了。

「なんか変な感じ」

ウォーキングもせずに朝の支度だなんて、ずいぶん久しぶりだ。

「たまにはよろしいじゃないですか。ご友人とお約束されているのでしょう?」

柔らかい笑みでリリーナが言い、私は「そうね」と返した。

ご友人、という言葉に思わず頬が緩む。

今朝は、サラ様とミランダ様と、演劇部の朝練を見に行く約束をしているのだ。

もっとも、サラ様は演劇部の部員でもあるから、見学するのは私とミランダ様ということになる。

マリア様とティオネ様の練習を近くで見られるなんて!

あぁ、ファンクラブに入れてよかった!

胸には、まだ今朝の夢の記憶と辛い気持ちがほんの少し残っているけど、憧れの人たちと友人たちの存在は、私の心を軽くしてくれる。

私は自室で軽い朝食を取って、足取りも軽く学園に向かう馬車に乗り込んだのだった。


私を乗せた馬車は、十分もかからず学園の前に到着した。

私は御者《ぎょしゃ》に「ご苦労様」と声をかけて、一人門をくぐっていく。

ミランダ様とは、演劇部の練習室の前で待ち合わせをしている。

まだ生徒が登校してくるには早い時間なので、校庭にも校舎内にも人の数は少ない。

この時間にいるのは、朝練がある一部の生徒だけだからね。

王太子やその取り巻きたちなど、ゲームのメインキャラに会うこともないだろう。

そう思っていたら、教室棟と部活棟を結ぶ二階の渡り廊下にさしかかったところで、知った顔を見つけてしまった。

少しばかり派手なドレスを身につけたご令嬢が三人、渡り廊下の中央あたりに立っている。

彼女たちは、それぞれ手に扇《おうぎ》を持って口元を隠し、クスクス笑みをこぼしていた。

私の存在にはまだ気づいていないらしい。

彼女たちの視線は、渡り廊下の下に注《そそ》がれている。その先に目をやると、一人の女子生徒が雨でもないのにずぶ濡れで立ちすくんでいた。

……ああ。平民生徒への嫌がらせか。

魔法で階下の少女をずぶ濡れにしたのだろう。

クスクス笑っている彼女たちのうちの一人は、水属性の魔力保持者だったはず。

私がなぜそんなことを知っているかというと、彼女が私の元お友達——いや、取り巻きの筆頭《ひっとう》だったからである。

ついでに言うと、カノンや他の平民生徒に散々嫌がらせをした挙げ句、それをすべてエリカのせいにした人でもある。

エリカが王太子に公衆の面前で責め立てられてから、手のひらを返して離れていったばかりか、見かけるたびに陰口を叩いて嘲笑《あざわら》うようになった。

「クスクス。いい気味だこと」

「本当に」

「貧乏人にはお似合いの格好ですわ」

彼女らは、私には気づかず階下を見下ろして笑っている。

その姿は醜悪《しゅうあく》で、決して見ていて楽しいものじゃない。

……だけど、私に彼女らのことをどうこう言う資格があるか？

エリカは彼女らと一緒になって、平民の生徒を嘲《あざけ》り笑っていたのに。

私は小さく魔法の呪文を唱えた。

今頃階下では、少女の髪や服が乾いているはずだ。

静かに踵《きびす》を返し、ぎゅっと唇を噛んで足を動かす。

こんなことをしても、なんにもならない。

こんなのはただの自己満足で、これ以上関わる勇気も、私は持ち合わせていないのだから。

足早に来た道を戻り、階下へと階段を下りた。

演劇部の練習室の前まで来ると、扉の前にミランダ様が立っていた。

「……あ、エリカ様っ」

彼女は私の顔を見て、なぜか困ったような表情で教室の扉をちら見する。

……ん？

その様子に私は首を傾《かし》げる。

「おはようございます。どうかなさいましたの？」

「……それが」

ミランダ様は言い淀《よど》んで、またチラッと扉のほうを見た。

するとカラリと軽い音を立てて教室の引き戸が開く。

そこから出てきた二人の人物に、私は「げっ！」と叫んで回れ右したくなった。

けれどそのうち一人とバッチリ目が合ってしまう。

……ってかなんで、この二人が演劇部の練習室に？

「エリカ様？　いったいなぜここに？」

そう言って、わざとらしく小首を傾《かし》げるカノン。

その隣にいるのは王太子だった。

「……ご、ご機嫌《きげん》よう」

ひくっと頬を引きつらせながらも、私はなんとか二人に挨拶《あいさつ》をする。

「貴様！　こんなところでなにをしている？　……はっ、もしやまたカノンになにかするつもりか！」

……や、あんたらがここにいるなんて知らないから！

知ってたら絶対近づかなかったし！

そんな私の気持ちを代弁するかのように、心底呆《あき》れた声が扉の奥から聞こえてきた。

「……そんなわけないでしょう。カノン様がこちらにいることなんて、エリカ様が知る

はずありませんし」

ひょこっと顔を出したマリア様が、私に「おいで」と手招きしてくださる。

……はぅん、今日も素敵。

カノンと王太子の存在を忘れてマリア様に見惚《みと》れてしまう。

そんな私を王太子がギロッと睨《にら》みつけてくる。

「ふん。どうだか！　その女はカノンに嫌がらせをしようと、常に隙をうかがっているからな！」

「……失礼いたしますわ」

私は王太子の言葉を無視してぐるりと回り込み、マリア様のそばに寄った。

アホの相手はしないに限る。

ミランダ様もまた「失礼いたします！」と王太子たちに頭を下げて私に続く。

「……ちっ！　おいっ演劇部！　私が言ったことを忘れるなよっ!!　私たちに出てほしければ、しっかり出番と台詞《せりふ》を増やしておけ！」

なんだかよくわからないが、そんな捨て台詞《ぜりふ》を残して二人は去っていった。

……いったいなんだったんだ、アレは。

王太子たちをポカンと見送っていると、マリア様が困り顔で「悪いね」と言った。

「朝から見たくない顔を見せちゃったでしょ？」

「いいえ、大丈夫ですわ」

幸いと言うか、さほど絡むこともなく立ち去ってくれたし。

そんなことより、困り顔のマリア様が素敵です！

伏せた長いまつげに、キュンキュンしちゃいます。

「ですが、いったい何事でしたの？」

彼らが演劇部を訪問する予定はなかったはずだ。あったら私を呼ばないだろうし。

マリア様は私とミランダ様を部屋の中へ招き入れ、事の次第を簡単に説明してくれた。

マリア様の説明によると、王太子とカノンは、次の演劇部の舞台に出演させろと要求してきたらしい。

この学園の演劇部は伝統があり、他国でも有名なくらいなんだけど、特に年に二度行《おこな》われる定期公演は、王侯貴族どころか国賓《こくひん》までもが観に訪れる一大行事なのである。

そんな大事な舞台に、素人《しろうと》が無理やり出演しようってだけでも呆《あき》れるのに、二人は自分たちを主役にしろと言ってきたらしい。

当然演劇部側としてはお断りしたいところだ。けれど相手が王太子とあっては、そうもいかない。

そこで仕方なく、条件つきで承諾したという。

その条件は、主役カップルを二組にすること。

つまりマリア様とティオネ様、王太子とカノンの、二組の王子と王女の恋物語にしたのだ。

他にも練習に参加するとか、シナリオに口を出さないとか、いくつかの条件をつけているらしい。

しかし案の定と言うか、王太子たちはたまーに気の向いた時に部室を訪れては、やたらえらそうにするだけ。台詞《せりふ》や立ち位置もろくに覚えていないのに、口だけは達者という始末。

とにかく自分たちが目立つことしか考えていないのだとか。

演劇部としては、そんな状態で舞台に立たせるわけにもいかない。

なのでシナリオを変更して対応していったのだけれど、そうすると、当然王太子たちの出番はどんどん削られていく。

特に台詞《せりふ》覚えの悪いカノンは、まともな出番は最初と最後だけで、あとはただひたすら眠っているだけの役になってしまったらしい。

自業自得なのだけど、二人は納得しなくって、「もうやらない！」と言い出したらしい。

もちろん演劇部側にとっては渡りに船。王太子とカノンの出演は中止ってことになった。

ところが今日になって、二人がいきなり練習室にやってきて「なぜ謝りに来ない！私たちの出番と台詞《せりふ》を増やせば出てやるから、シナリオを直せ！」と言ってきたのだ。

そうして自分たちの言いたいことだけわめいて去っていったと。

アホか。

「……呆《あき》れますわね」

王太子なんだよね？　王位を継ぐんだよね？　ものすごく心配になるんですが。

この国、大丈夫か？

「ですが、困ったことですわね」

アホであっても、相手は王太子様である。

権力だけはあるんだよね。

「まあ、最初に条件をきっちりつけてあるからね。正式な書類にもサインしてもらっているし、協会を通して直接王宮に抗議するつもりだから、大丈夫」

なんてことないように笑って言うマリア様。格好いい!!

演劇はこの国の立派な産業。

国中に劇場があるし、演劇協会の発言力は相当なものらしい。

この国における演劇は、娯楽というより、もはや国家事業の一つだからね。

実際、国としても他国の賓客《ひんきゃく》を招いた舞台で、自国の王太子に恥を晒《さら》されても困るわな。

……にしても、王太子とカノンが出演する舞台というと、アレだよね。

確かタイトルは『二人の王女』。

『クラ乙』に出てきた覚えがある。

王太子の好感度を上げるとともに、国民や他国に対して聖女候補としてカノンが名を知らしめるイベントだったはず。

ゲームでは、演劇部から王太子とカノンに出演依頼をしていたと思うけど、この世界では王太子のごり押し。

本来なら、カノンが必死に台詞《せりふ》を練習する姿を見せて好感度を上げるイベントなのに、二人とも真面目に練習するつもりなんかなくて……

しかもこのままだと、二人の出演は中止になるかもしれない。

私はふと不安になった。

これはゲームとの『差異』だ。

カノンが本物の聖女になって封印を修復することが重要なのだとしたら、このイベントは外せない。

聖女になるためには、ここで人々からの支持を得ておくのは大事なことだ。

……や、でも、どのみちカノンは聖女になるんだし。

あれ？　心臓が、バクバクする。

……え？　どうしよう。

ゲームの通りに進行させるなら、二人には舞台に出てもらわなければならない。

でも、二人の言動はゲームと違っていて、無理に舞台に上がっても、演劇部に迷惑がかかるだけの結果になると思う。

完全に部外者の私が口を出せることでもないし……

っていうか、ゲームのカノンとこの世界のカノンは、あまりにも性格が違いすぎる。

それは、ダンスパーティーの夜から感じていたこと。

……バグのせい、とか？

頭を掻きむしりたい気分になった。

だってわかんないもん‼

自称神様がちゃんと教えてくれないのが悪い。

バグっていったいなんなんだよっ！

私はいったいなにをどうすればいいの？　誰か教えて！

叫び出したい衝動に駆られる私に、ティオネ様が声をかけてくる。

「エリカ様？」

台本を読んでいたらしい彼女は、「どうかなさいまして？」と可憐《かれん》に問いかけてくる。

可愛い。超絶可愛い。

「いえ、なんでもありませんわ」

私は笑顔を取り繕《つくろ》って答える。

この天使を困らせるようなことが、あっていいはずがない！

バグだか世界の危機だか知らないけど、私は演劇部の皆様を守る。

うん。カノンたちが舞台に出るなんて絶対阻止だ。

私はそう決意して、こっそりと拳《こぶし》を握った。


「……ステキ」

もうもうもうもうもうっ！　素敵すぎる!!

練習室の中心で見つめ合うマリア様とティオネ様。

憂《うれ》い顔でうつむくティオネ様の手を、マリア様がそっと取って騎士の礼をする。

私は頬を両手で挟んで、ほぅとため息をついた。

……くぅぅ！　幸せっ！

こんなに間近で二人の演技が見られるなんて。

あぁ、鼻血出そう。

万が一のために、片手にハンカチをしっかり持っている。

隣に座ったミランダ様とともに吐息を漏らしていると、背後からバタバタという足音がした。

「――大変です！」

そう言って練習室に駆け込んできたのは、私と同じ一年生の女子生徒だ。

顔は真っ青で、目には涙を溜めている。

「部室に置いていた衣装が……っ！」

悲愴《ひそう》な声でそれだけ言うと、女子生徒はへたり込んだ。

周りにいた演劇部の生徒たちは彼女に駆け寄り、私とミランダ様は顔を見合わせた。

「私が来た時には扉が開いていて、中を見たら……っ！」

すでにこうなっていたということだろう。

私はミランダ様やマリア様たち演劇部の皆様とともに、部活棟の三階にある演劇部の部室に来ていた。

練習室よりもふたまわりほど小さい部屋の中は、見るも無残な有様だった。

床のあちこちに切り刻まれた布が散らばっており、ハンガーにはズタボロの布きれと化した衣装の残骸《ざんがい》が。

「こちらは『二人の王女』のご衣装ですの？」

「そうだね。もう使えそうにないけど」

私が尋ねると、マリア様が肩をすくめて言う。

「昨日の時点では、衣装は無事でしたわよね？」

部室の中を見回しながらティオネ様が眉をひそめる。

「はい。昨日こちらを最後に出たのは私たちでしたけれど、その時はなにも。施錠《せじょう》もきちんと確認いたしましたわ」

「ええ、きちんと鍵は締まっていましたわ」

間違いないと訴える演劇部員の女子生徒たち。

今朝は皆、練習室に集合していて、こちらには誰も寄らなかったらしい。

練習室での朝練がはじまり、しばらくしてから部員の一人が荷物を取りに来たところ、こうなっていたという。

昨日、部員が全員帰ってからか、もしくは今朝誰かが鍵を開けて中に入り、衣装をズタボロにしたということになるが……

えーっと、なんか犯人にめちゃくちゃ心当たりがあるけど。

普通、部室の鍵は職員室か、部活棟の管理室に保管されており、持ち出せるのは関係者のみ。

だけど、例えば王太子に寄越せと言われたら、管理の先生も断れないよね。

まあ、これはあくまで推測にすぎない。

そんなことよりいまは……

「……これでは流石《さすが》に直せませんわよね？　代わりは用意できそうですの？」

ティオネ様が部員たちに聞く。

壁にかけられていた衣装は全部で五着。

二着はドレスで、あとは侍女が着るようなメイド服が一着と、庶民のお嬢さんが着るようなワンピースが二着だ。

「ドレスは家のものを持ち寄ればいいとして、問題はメイド服かな」

「ええ、そうですわね」

ズタボロの衣装を一着一着手に取って確かめながら、マリア様とサラ様が顔を見合わせる。

え？　メイド服も、家のものを持ち寄ればいいのでは？

そんな私の疑問を読み取ったのか、マリア様が口を開く。

「……今回の舞台では、ちょっと変わった作りの衣装を用意してたんだよね」

「まあ、そうなんですの」

言われてみれば、壁にかけられたメイド服は、普通のものより裾《すそ》が短いような……ん？

「エリカ様は知らないかもしれないね。最近下位貴族の令嬢や庶民の間ですごく人気がある、服飾雑貨のお店があってね」

……って、それって。

「ココルというお店なのだけど、そこの店員が着ているメイド服が可愛いって評判で、うちの衣装係がそれを真似て作ったものなんだ。ワンピースもそこで買ってきたものでね」

――結構手の込んだ作りだから、作り直すには時間が足りない、と。

「ワンピースは買い直せばいいけど、メイド服はね。いまのところ売りものとしては置いていないらしくて……。残念だけど、普通のものを使うしかないかな」

「残念ですわ。せっかくとても素敵なものができましたのに」

「まったくです」

残念そうにする部員たちを見て、私は思い切って声を上げた。

「あ、あの！　実は私、そのココルのオーナーにちょっとした伝手《つて》がありまして……予備の服でよければ、当日貸し出していただけると思います」

てゆーか、私がオーナーだし。

「ワンピースも無料でお譲りいただけると思いますわ。その代わり、舞台のパンフレットに衣装提供者として、ココルの店名を載せてはいかがでしょう。お店の宣伝になりますし、十分お礼になるのではないかしら」

ウフフ。これぞ一石二鳥《いっせきにちょう》ってね！

演劇部の皆様の手助けもできるし、ココルの宣伝もできる！

これで高位貴族の令嬢たちも、ココルに足を運んでくれるかも。

急いで貴族令嬢向けの商品を検討しなくちゃ。

質のいい布地や糸に、リボンやボタンの確保。

普段着向けの可愛いアクセサリーに、小粒の宝石も用意すべきだろう。

私がそんなことを考えていると、「パンフレットとはなんですの？」とティオネ様が小首を傾《かし》げて尋ねてくる。

そうか。パンフレットって、この世界にないんだっけ。

「ええ、と……舞台の演目や出演者を紹介する小冊子です。……その、なにかの本で見た覚えがあるのですが」

お願いだから、なんの本だとかツッコまないでね。

私は部室を見回して、台本の並べられた背の高い棚に近づく。

その中から、なにも書かれていない紙を三枚取り出し、中央にある大きなテーブルに広げた。

「こうして……」

そう言いながら、三枚の紙をまとめて真ん中で二つに折る。

「数枚の紙を本のように折り重ね、演目のタイトルや出演者、それに簡単なあらすじなどを書いて、ご観覧いただく皆様にお配りするのですわ」

説明しつつ、指先でペラリと紙をめくっていく。

「記念になるように、舞台衣装を着た主役の絵姿をおつけするのもよいと思います。その中に衣装提供者としてココルの店名を載せてはどうでしょうか？　他にも、大道具や小道具などでご協力いただいた方や、部活の名を入れてもよいと思います」

「確かに！　マリア様やティオネ様の絵姿がいただけるのなら、とてもいい記念になりますわ！」

「描くのは大変そうだけど？」

一気にテンションの上がったサラ様と、冷静に指摘するマリア様の温度差がすごい。

確かに。この世界にコピー機はないから、大量に作るのは大変そうだ。

私はしばし考えてから、心の中でぽんっと手を打った。

「いまから演劇部の皆様で作るとなると難しいでしょうから、商会にお願いして、専門の方に写しを依頼すればよろしいのでは？」

印刷技術がない代わりに、書き写しを仕事にする人がいる。

「経費や手間はかかりますが、ご来場される皆様にはきっと喜んでいただけると思いますし、いっそ販売すれば、元は取れるのではないでしょうか？」

販売するなら、多少お金がかかっても問題はない。

だって、マリア様とティオネ様の絵姿つきだよ？

ファンクラブの会員だけでも、確実に百は売れる。

何百部と作るのは大変だから、限定五十部とかで。

数量限定となれば、多少お高くても私なら絶対に買う!

「ついでに、販売した際の売上金を、王太子様とカノン様名義で寄付してはいかがでしょう」

カノンは寄付とか、貧民街での炊き出しとかが好きだ。

いかにも人気取りといいますか。

たぶん彼女は聖女の座も狙っていて、そのための点数稼ぎなのだろう。

ただし自分の財産はないから、お金を出すのは主に王太子だ。

つまるところ、国民の税金から出される。

もっとも、もらう側からすれば、お金の出所なんてものは知りようがないわけで。

一部の平民からは、流石《さすが》は聖女候補よと、かなり持ち上げられているらしい。

まともな貴族たちは、眉をひそめているようだけど。

「なぜあの二人に?」

マリア様が、眉を寄せて訝《いぶか》しげに言う。

「あの方たちに任せてしまっては、お金をドブに捨てるようなものですわ!」

鼻息荒く言うミランダ様に同意して、サラ様がうんうんうなずいている。

カノンは慈善活動に精を出してはいるが、寄付したお金の使われ方や行き先に興味を持っていない。

本来はお金がきちんと困っている人の役に立っているかまで見届けるべきなのだけれど、カノンはそれをしないため、不正に使われたり、横領《おうりょう》されていることもあるらしい。

「そうです。それならエリカ様がご自分で寄付なされればよいのです。アイディアを出してくださったのは、エリカ様なのですから」

私はそれににっこりと答えた。

「もしあのお二人を劇に出演させないのなら、それなりの役目を別にお渡ししたほうがよろしいかと。舞台を妨害されても面倒ですし、どなたかが怪我をすることになってはいけませんもの」

あの二人が舞台に立ちたがる理由は、目立ちたいからだ。

だったらより注目される役目を与えてあげれば、これ以上文句を言われることもないはず。

「開演前の挨拶《あいさつ》で、パンフレットの売上金が寄付として使われる旨《むね》をお二人にご説明いただきましょう。それこそ、すべてお二人のお考えで行《おこな》われたことにしてしまっていいと思います。……ろくに出番のない主役として舞台に上がるよりも、美味《おい》しいと思っていただけるように」

「……それで納得するかな？」

「なんだかあのお二人に、そのような役目はもったいない気がしますわ」

嘆息混じりのマリア様とサラ様。

そんな二人に、私は苦笑を返した。

「ええ、確かに。ですが、これはいざという時のための保険なのですわ」

挨拶《あいさつ》や寄付という役割を与えることによって、あの二人には舞台に出演しなくても、公演そのものとの関わりができた。

これで舞台が失敗すれば、彼らの名前にも傷がつくことになる。

権力による嫌がらせや妨害を防ぐ一手になるだろう。

私がそう説明すると、マリア様が意味ありげに唇の端を上げる。

「なるほどね」

マリア様の流し目に、私の心臓はまたもズッキュンと撃ち抜かれた。

色っぽ格好いい！

「エリカ様は、やっぱり変わったよね」

「……え？」

マリア様の言葉に、別の意味でドキッとする。

「そう、でしょうか？」

「うん。なんというか、ずる賢《がしこ》くなった」

「……それっていいことなんでしょうか」

え？　私、悪印象与えちゃってる？

だってずる賢《がしこ》いって、確実に褒《ほ》め言葉じゃあないよね？

「あ、悪い意味ではないよ？　ある意味貴族の令嬢らしくなったというか、強《したた》かになったって感じかな？　私はいまのエリカ様が嫌いじゃないし」

嫌いじゃない!?

それって好きってことですか!!

ああ、嬉しすぎて失神しそう。

でも失神したら、麗《うるわ》しのマリア様との時間を無駄にしてしまう！

……なにがなんでも意識を保つのよ、私！

根性で意識は保ったものの、頬が熱くなり、口元がふにゃりと緩むのは止められない。

「以前のエリカ様は素直すぎたっていうか、あからさますぎたでしょう？　まったくコソコソしないし、正面からカノン様にぶつかって、嫌がらせして。そういうのって、個人的には嫌いじゃないけど、そのせいで他のいろいろなことまでエリカ様のせいにされたのも確かだった。あまり賢いやり方ではなかったよね？　でもいまのエリカ様は前より少しだけずる賢《がしこ》い。それって、決して悪いことではないと思う」

「……マリア様」

ヤバい。頬が熱い。

胸がドキドキして、心臓の音がマリア様にも聞こえてしまいそう。

ああ、やっぱりマリア様は素敵です。

学園に来てよかった。

この人たちと会えて、お友達になれてよかった。

破滅に怯《おび》えて家に引きこもっていたら、いま私はこうしてここにはいられなかった。

本当は、なにもかもを投げ出して、どこか遠くに逃げ出すという選択肢もあったのだ。

でも、私にはその勇気がなかった。

前世の記憶があるとはいえ、私は箱入りの貴族令嬢。

一人暮らしだってしたことはないし、家を飛び出して、この国から逃げ出したところで、まともに生活していけるのか不安で……

破滅回避やら逃亡準備やら、なにかと理由をつけて結論を後回しにしてきた。

だけどそれだけじゃない。

私はできるだけ長くこの人たちと関わっていたい。

お話をして、笑い合って、一緒にいたい。

優しい顔でうなずき合う皆の顔を見て、余計にそう思った。

逃げずにすむ方法を探そう。

破滅エンドでも、国外追放でもなく、この国で生きていける方法を。

そのためには……

＋

授業を終え、いったん家に帰った私は、いつものようにフィムに留守を頼んで街に出てきた。

隠し通路の出口である小屋は、ボロボロで四畳半ほどの広さだ。

私はそこを掃除して、服や荷物を置いている。

街で着る服や買った物を家に持ち帰るのは、リスクが高い。

だからここに置いておいて、変装してから街に出るのだ。

着ていたドレスは小屋に置いて、私は白いブラウスと水色のフレアスカートという出《い》で立《た》ちで外に出る。

スカートは薄くて柔らかい生地を二枚重ねたもので、ふわふわと風に揺れて軽い。

ココルの新作である。

貴族の令嬢はドレスやワンピースタイプの服を着るのが基本だから、上下がわかれた服は着ない。

これなら貴族だとは思われないよね。

それから私はココルに顔を出して、演劇部の衣装の件をラナさんにお願いした。

二つ返事でオーケーしてくれたラナさんに感謝だ。

貸し出す衣装の打ち合わせをしてから、店を出る。

今日はもう一つ、目的があるのだ。

この国で生きていける形で破滅エンドを回避すると決めた私は、カノンがどのルートを進もうとしているのかをまず確かめることにした。

『クラ乙』には、各攻略対象とのハッピーエンド以外に、ハーレムエンドと友達エンドが存在する。

どの結末になっても、エリカが死刑になることに変わりはない。けれど、カノンがどのルートを進むかによって、断罪イベントが発生するタイミングが変わるのだ。

つまり、カノンの進むルートがわかれば、いつ断罪イベントが起きるか予測できるということ。

現在カノンは、王太子をほぼ攻略しきっていると言っていい。

ここでもし他の攻略キャラとのフラグが立てば、ハーレムルートに進む可能性が出てくるというわけだ。

私的には、そのルートはもっとも避《さ》けてほしいところなんだけど……

そんなことを考えながら、ココルから出て歩き出そうとする。

けれどそこには、胡散《うさん》臭い笑みを浮かべたカイル様が立っていた。

「どうしてまた、あなたがこんなところにいるんですか？」

私は内心の動揺を悟らせまいとして、にっこり笑って言う。

「キミこそ、ここでいったいなにしてるの？」

聞けば、カイル様はデート中にココルで買い物をしたいと言い出した友人を待っているらしい。

しばらくして店から出てきたのは、二十代くらいの女性で、胸元まで伸ばされた赤毛がゴージャスな、派手系美女だった。

「あら、お邪魔してしまいましたわね。おほほ、失礼。さようなら」

「待って、エリカ嬢」

逃げようとした私を、カイル様が引き留める。

彼はまたもや美女とその場で別れて、私についてくるつもりらしい。

ってか、この前の未亡人といい、カイル様のお相手って、あっさりしすぎじゃないですか？

なぜそこで「仕方ないわね。でも埋め合わせはしてもらうわよ」と色気たっぷりに笑ってバイバイするんですか？

デート中だったんでしょう？

もっと引き留めましょうよ！

もっとゴネましょうよ！　私のために!!

そんな私の心の叫びが伝わることはなく、結局カイル様は「一人は危ないから」と言って私のあとをついてくるのだった。

私は彼に、なにも聞かない、なにを見ても騒がない、邪魔しない、との約束を取りつけ、しぶしぶ同行を許した。

でも手はつながないからね！　絶対!!

はあ、と自然とため息が出る。

「約束はちゃんと守ってくださいね」

「わかってるよ」

カイル様から当たり前のように差し出された手を、私はペシッと指先で弾《はじ》いた。

「ちゃんと隣を歩きますから、手を引いていただく必要はありません」

ええ、今日はフラフラしませんから！

してる暇もないしね！

演劇部の舞台『二人の王女』のタイトルを聞いた時、思い出したことがある。

この舞台と同時期に起こるイベントのことだ。

ティオネ様の婚約者、ロイ様ルートのイベント。

ロイ様は現在学園の二年生で、確かカイル様と同じクラスだったはず。そして、騎士団長の第一子だ。

幼い頃から騎士団長となるべく教育されてきたのだけれど、母親に似たのか、身体は決して大きいわけではないし、運動神経がいいわけでもない。

特にこのところは行き詰まり気味で、かなり悩んでいる。

そんなロイ様とカノンが林の中で出会うこのイベントは、ロイ様ルートへの入り口だ。

ここでの出会いと会話が、ロイ様の気持ちがカノンに向かうきっかけになる。

もしカノンがここでフラグを立てたら、ハーレムルートに進もうとしている可能性が高いと判断できるだろう。

「ほんっとーに、約束は守ってくださいね」

「わかってるよ。邪魔はしないし、なにを見ても騒がない」

私はガックリとうなだれながら、王国騎士団演習場へ向かった。


騎士団演習場の近くまで来ると、鍛練《たんれん》中の騎士たちの声が風に乗って聞こえてくる。

演習場は林に囲まれており、私はカイル様を連れてその中に入っていく。

今頃、ロイ様は騎士団の演習に参加しているはずだ。

そろそろ終わる頃かな?

演習を終えると、ロイ様は一人でここに来る。

「エリカ嬢、一つ言っていいかな?」

「なんでしょう」

「こんな人気《ひとけ》のない場所に、女性が一人で来るものではないよ」

ここは背の高い木が多くて、奥に入り込むと視界が悪くなる。

騎士団の演習が終わってしまえば、ほとんど音もなくて静かだ。

「そうですか？　殿方と二人でいるほうが問題あるように思いますけれど」

「……一応そこはわかってるんだね」

苦笑いするカイル様を無視して、私は足元に注意しながら先へ進む。

ゲームでは、この林の奥にひときわ大きな一本の木がある。ロイ様はいつもその木にもたれかかり、身体と心を休ませていたはず。

……あった。

大きく広がった枝葉、いくつもついた赤い小さな実。そのすぐ隣には、なかばから二股に分かれた特徴的な木がある。

うん、間違いない。

私は見覚えのある景色にうなずくと、隠れられそうな場所を探す。

すぐそばに、ある程度高さがある藪《やぶ》を見つけ、試しに隠れてみる。

「カイル様、あちらから私が見えるか、ちょっと確認していただけますか？」

なんの説明もされないままついてきたカイル様は、当然ながら困惑気味だ。

私だったら『いったいなにをしているの？』と思うし呆《あき》れる。

だが、カイル様は藪《やぶ》の中で縮こまる私の姿を見て、小さく笑った。

「やっぱり面白い」とつぶやく声が聞こえる。

ふんっ！　どうとでもおっしゃい。

カイル様から「大丈夫、見えない」とのお墨《すみ》つきをもらって、彼を呼び戻す。

二人並んで藪《やぶ》に隠れること数分。

私はいまにもロイ様がやってくるかもしれないと、ドキドキだ。

けれど流石《さすが》のカイル様も、この状況に耐えられなくなったのか、恐る恐る口を開く。

「あの、エリカ嬢、これは……」

「なにも聞かないお約束ですわよ。……しっ！」

来た！　ロイ様だ!!

身を縮めて息を殺す。

ついでにカイル様の頭を押さえて低く下げさせた。

「カイル様、絶対に見つからないでくださいよ」

「よくわからないけど、わかった」

小声で注意すると、ちょっと楽しげな声でそんな台詞《せりふ》が返ってくる。

この人、面白がってる？

まあ、邪魔されるよりはいいけれど。

ロイ様は私たちに気づくことなく藪《やぶ》の前を通りすぎて、木にもたれて座り込んだ。

遠目にも、肩を落として疲れきっているのがわかる。

さて、問題はこのあと。

誰も来ないで、ロイ様が立ち去るならよし。

そうでなければ……

――どのくらい時間がすぎただろうか。

五分か、あるいは十分くらい？

緊張しているからか、すごく長く感じる。

……来ないのかな？

私がほっと息をつきかけたその時、ふいにカイル様の手が私の肩を抱いて、ぐいっと引き寄せた。

「……っ！」

上げかけた声を、とっさに押し殺す。

それと同時に枝を踏む音が聞こえて、首だけをそっとそちらに動かした。

カノン！

さっきまでの位置にいたら、彼女から見えてしまっていたかもしれない。

私は複雑な心境になりながらも、カイル様に無言で礼を言う。

さあ、カノンが来た。来てしまった。

イベントがはじまってしまう。

これが、ロイ様がカノンに惹《ひ》かれるイベント。

そして私が最悪の形で破滅に近づくルートへの入口だ。

時間にすれば、わずか十分ほど。

けれど、そのわずかの間に、カノンに向けるロイ様の表情は和《やわ》らいでいった。

どこか張り詰めていたものが緩められていくような、そんな印象を受ける。

……どうしよう。

フラグは立ってしまった。

この時点では、ロイ様のカノンへの気持ちはまだ恋ではない。

主人である王太子が気に入っている女の子、程度の認識でしかなかったカノンが、ほんの少し特別な存在になるだけだ。

でも、このままカノンが近づけば――恋になる。

ロイ様ルートへ入るかどうかは、ここで決まる。

ロイ様が落ち込んでいることを知ったカノンが、彼を励ますために林へ向かうかどうかが分岐点《ぶんき》。

そのあとにもいくつか分岐点《ぶんき》はあるけど、これが最初なのだ。

そしてカノンは、ここへ来ることを選んだ。

つまり、今後ロイ様を狙ってくる可能性が高いということだ。

すでにカノンは王太子ルートをほぼ攻略している。

その上でロイ様ルートに入ろうとしているということは……

この世界のカノンは、ハーレムルートに進もうとしている。

そう考えられるだろう。

カノンとロイ様がともに去っていくのを見送り、私はカイル様に手を引かれて林から出た。

その後「家まで送るよ」というカイル様の言葉に甘えて、一緒に並んで歩いている。

カイル様がなにも聞かないでいてくれるのが助かる。

言いたいことも聞きたいこともあるだろうに、ただ黙って手を引いてくれた。

基本的にはいい人なんだよね。そしてたぶん、優しい人。

……関わっちゃダメなんだけどな。

この人も、カノンの攻略対象の一人だ。

バッドエンドを回避するためには、関わりを持たないのが一番いい。

だけどいまだけは、この人が隣にいてくれることがありがたい。

この人がいてくれたおかげで、私は不安に押し潰されずにすんでいる。

私はカイル様に手を引かれながら、心の中でそっと彼に感謝したのだった。


その夜。

部屋に戻った私は、留守番をしてくれたフィムにお礼を言った。

「ありがとうね、フィム。クロも」

『はい』

『おう。ところでその顔だと、心配が当たったか?』

「うぅ……、たぶん間違いないと思う」

クロの言葉に、私はガックリとうなだれた。

「全然その気がなかったら、わざわざ会いに行かないよね」

ゲームでは、カノンは王太子と取り巻きたちの会話を聞いて、ロイ様が自信を失っていることと、あの場所にいることを知る。

その時、こうコマンドが出るのだ。

〈林に行きますか？〉――と。

〈はい〉を選べばロイ様ルートに入り、〈いいえ〉を選べば入らない。

「はあ、どうしよう……」

この世界はゲームじゃない。現実だ。

だから〈はい〉〈いいえ〉なんて選択肢は表示されない。

カノンは自分の意思で、あの場所に向かったのだ。

正直、それってどうなの？　って思うけれど。

すでに恋人同然の王太子がいながら、わざわざ別の男性に一人で会いに行くなんて。

少なくとも、あんまり褒《ほ》められた行動じゃないし、他人に誤解されても仕方ない。

たとえカノンに大した意図はなかったとしても。

「なんとかしないといけないよね」

ロイ様ルートに入られるのはマズい。

カノンがハーレムエンドを迎えると、第一部のラストで私は死刑になるのだ。

エリカの断罪イベントは二種類ある。

一つは、カノンが攻略対象の一人、あるいは複数人を攻略するか、友達エンドになった場合。

第一部恋愛編の最後で、カノンが本物の聖女になり、エリカは彼女に様々な嫌がらせをした罪で幽閉される。

その後、バトル編の終盤、無事に暗黒竜の封印を修復して王都に戻ってきた勇者と聖女におもねる形で、エリカの罪が改めて問われるパターンだ。

聖女であるカノンは、エリカの罪を許そうとする。

けれども周囲は「聖女に散々嫌がらせをし、貶《おとし》めようとした者を許してはならない！」と主張し、エリカの処刑が決定される。

もう一つのパターンは、ハーレムエンドの場合にのみ起こる。

死刑になるという結末は同じでも、こちらは罪状が違う。

——聖女殺害未遂および殺害教唆《きょうさ》。

たとえ王族であっても、即刻処刑される罪状だ。

嫌がらせしていようがしていまいが、もはや関係がない。

一発レッドカード。この世からの強制退場である。

実はこの処刑は、確たる証拠がないまま実行される。

しかもそのあとに、エリカが犯人ではなかったことがあきらかになるというひどい話だ。

この断罪イベントは、第一部恋愛編の最後、カノンが聖女に認定された夜に起こる。

カノンとカイル様が二人でいる時に出されたお茶に、毒が入っているのだ。

寸前で気づいたカイル様によって毒殺は阻止され、捕らえられた侍女の口からエリカ・オルディスの名が告げられる。

そしてまともな裁判もないまま、エリカは死刑にされる。

けれどこれ、実はカイル様のお兄様の一人、ヘイシス王国の第二王子の仕業である。

カノンに選ばれ、勇者となるであろうカイル様の影響力を恐れた第二王子が、彼の命を狙って二人が飲むお茶に毒を仕込んだというのが真相だ。

エリカは罪をなすりつけられただけ。

こんなの、私にはどうしようもない。

けれど、カノンがハーレムルートに進む可能性が高くなってきた以上、早急に対策を考えなければならないところだ。

さて、どうしたものか……

私はクロとフィムをモフモフしながら、頭を抱えるのだった。

十一

翌日、学園に登校した私はいつも通り授業をこなし、マリア様とティオネ様とともに昼食を取った。

至福の時間を過ごしつつも、カノンがロイ様ルートに入ったことが頭から離れない。

やはり、この問題を解決するためには、攻略対象の誰かと接触する必要があるか。

そんなことを考えながら自分の教室に戻ると、なぜかその前に小さな人だかりができていた。

……？

何事かしらと思いながら、ドアの前で固まる女生徒の群れに近づく。

「ごめんなさい。ちょっと通してくださる？」

学園で有名な悪役令嬢の登場に、ササっと人だかりが割れる。

なんだか私、海を割ったモーゼみたい。

十数人の女子が作るしょっぼい海だけど。

それかアレか？　彼女たちにとって、私は危険物？　それともバイ菌《きん》？

バイ菌《きん》は流石《さすが》にイヤかなぁ。

そんなことを思いながら教室に入ると、中にいた生徒たちの視線が突き刺さった。

王太子とカノン、それに取り巻きたちからのトゲのある視線には、すでに慣れてきているんだけど。

それに加えて、特に女子の眼差《まなざ》しがきついように感じた。

なんなのさ！　いったい！

せっかくマリア様とティオネ様とのお昼のひと時に癒《い》やされてきたところなのに！

カノンも、いつもより鋭い視線を向けてきている。

一瞬だけ視線を交わらせて、すぐに目を逸らす。

すると、私の机にもたれて立つ男性と目が合ってしまった。

「……ご機嫌《きげん》よう、カイル様。そこは私の席なのですが？」

「知ってる。エリカ嬢を待ってたんだ」

カイル様の言葉に、扉の前で様子をうかがっていた女子たちから悲鳴が上がる。

私も叫びたいわ！

あんたたちとは別の意味でね！

そんな私の心境におかまいなく、カイル様はさらに爆弾を投下する。

「話があるから、放課後に時間もらえるかな？」

ますます色めき立つ女子たちを尻目に、私はばっさりお断りする。

「申し訳ありません。今日は別のお約束がありまして」

大事なファンクラブの集《つど》いがあるのだ。

あなたの相手をしている暇はないのですよ。

「いいの？」

「なにがです？」

カイル様は急に声を低くし、こうささやいた。

「昨日のこと、マリアたちに言っちゃうよ？」

脅《おど》しか！

けれどそう言われては、付き合わないわけにはいかない。

ロイ様はティオネ様の婚約者なのだ。

まさかロイ様とカノンが二人きりで会っているところを、待ち伏せして覗《のぞ》き見してましたなんて知られるわけにはいかない。

「……あまり長い時間は取れませんが」

くぅ！　悔しい！

でもでも、集《つど》いに出る時間は絶対確保するんだからね！

「いいよ。それじゃ――で会おう」

私の耳元に唇を寄せ、小声で場所を告げるカイル様。

それと同時に、教室の内外から女子の悲鳴と嘆き声が響いてきた。

ついでに、カノンの射殺《いころ》すような視線も感じる。

皆さん大袈裟《おおげさ》じゃない？　カイル様だよ？

このくらいのこと、別に珍しくもないでしょうに。

私はそう思っていた。

けれどそのわけは、隣のクラスのサラ様に、集《つど》いに遅れると伝えに行った時に判明した。

「まあ、それは皆様、悲鳴も上げますわよ。カイル様は女性から誘われて断ることはないですけれど、彼からお誘いすることもありませんもの」

マジか！　え？　それじゃ、私ってカイル様が初めて自分から誘いに行った女ってこと？

……ヤバイ。殺される。

破滅エンドの前に、嫉妬《しっと》した女子たちに殺《や》られそうだ。

私はブルリと背を震わせて、カイル様を心の中で呪った。

女子たちの険しい視線に晒《さら》されながら残りの授業をこなした私は、放課後にティールームへやってきた。

教室からここに来るまでの苦労は、もう思い出したくもない。

どうして私が、数十人の女子に尾行されないといけないのだ。

彼女たちをまくためにぐるぐる校舎を歩き回り、時々物陰に隠れてやり過ごして……

もう、ホント勘弁。

カイル様に指定されたティールームへ来るだけで、三十分近くかかった。

いま頃ファンクラブの皆様と、楽しいおしゃべりに興《きょう》じていたはずなのに。

……許すまじ。

だいたい教室に来るなんて目立つことをするから、こういうことになるんだよ。

絶対文句言ってやる。

私はそう心に誓いながら、ドアノブに手をかけた。

「授業お疲れ様。あれ？　なんか疲れてる？」

私の目に入ってきたのは、ソファにもたれ、優雅にティーカップを傾けるカイル様の姿。

それを見た途端、私の中でなにかがプチンと切れた。

「疲れ果ててますよ！　ええ、疲れてるに決まってます‼　どなたのせいですか？　いったいどうしてわざわざ教室にいらっしゃるんです？　目立つじゃないですか？　女子がどういう反応をするか、おわかりになりますよね？　おかげで私は、ここに来るまで三十分もウロウロウロウロウロウロするハメになったんです！　本来なら楽しい時間を過ごす予定だった私の三十分を、どうしてくれるんですか！」

一気にまくしたてたせいで、私はごほごほと咳込んでしまう。

「えーと、ごめんね？」

言いながら、カイル様が水の入ったカップを手渡してくる。

「い、いえ、少し取り乱してしまいましたわ。失礼いたしました」

やっちゃった……。ちょっと恥ずかしい。

「誰かに伝言を頼んでも、聞かなかったことにされそうな気がしたから、自分で行ったんだけど……悪いことしたみたいだね」

うっ。確かに、伝言だとそうしただろうなあ。

「……それなら、マリア様たちとお昼をご一緒している時に来てくれたらよかったじゃないですか。そうすれば、周りはマリア様たちにご用があると、勝手に納得してくださったと思います」

「マリアたちに聞かれても困ったでしょ？」

「……」

はい。困ります。

「座って？　お茶、淹《い》れるよ」

「カイル様がご自分でなさるんですか？」

「大丈夫。紅茶くらい淹《い》れられるから」

室内にはティーセットの用意があって、カイル様はポットに茶葉を入れてお湯を注《そそ》いだ。

紅茶くらい、と軽く言うけれど、普通王侯貴族は自分で淹《い》れたことのない人のほうが多い。

しかも、カイル様の淹《い》れてくれた紅茶は美味《おい》しかった。

茶葉もいいんだろうけど、淹《い》れ方も上手なんだと思う。

このまま美味《おい》しく紅茶だけいただいて立ち去りたい。

「呼び出したのは、昨日のことを聞きたかったからなんだ。エリカ嬢は、ロイとカノン嬢があそこに来ることを、知ってたよね？」

そうですよね。やっぱそうなりますよね。や、わかっていましたよ？

昨日の私の行動は、あまりにも不自然だ。

わざわざ騎士団の演習場に向かい、コソコソ藪《やぶ》に隠れてみたり、そこに男女がやってきたり。

私は紅茶を一口飲んで、覚悟を決めた。

「そのことについてお話しする前に、私からお聞きしたいことがございます」

「なんだい？」

遅かれ早かれ、カイル様とお話しする必要はあった。

カノン殺害未遂の罪を着せられる断罪ルートは、どう考えても回避するのが難しい。

ということは、カノンのハーレムエンドを阻止しつつ、味方を増やしていくほうが簡単だ。

そのためには、カイル様を抱き込んでしまうのが手っ取り早い。

私はどんな小さな変化も見逃さないように、カイル様の顔をしっかりと見つめて口を開く。

「カイル様は、王になりたいと思われますか？」

「王に？　俺が？」

カイル様は戸惑ったように目をしばたたかせる。

「ええ、王に」

顔の筋肉を必死に動かして、にっこりと微笑んでみせる。

カップを持った手は、緊張で震えていた。

「どうしてそんなことを？　俺が王になどなれるはずがない。そもそも王族でもないし、継承権もないよ？」

「この国の、ではありません。あなたの祖国——ヘイシス王国の王に、なりたいと思われますか？　カーライル・ネスト・ヘイシス殿下」

私がそう言っても、顔色一つ変えないのは流石《さすが》だ。

ただ、部屋の空気は確かにピンと張り詰めたように思う。

しばらくの間、カイル様はなにも言わなかった。

ゆっくりと紅茶を飲んで、それから私の目を覗《のぞ》き込み、小さく唇を笑みの形に歪《ゆが》めた。

——怖い。

いつも浮かべている、どこか軽薄な笑みじゃない。

笑っているのに、目だけは冷《さ》めている。

「……なりたいと言えば、どうなる？　キミが俺を王にしてくれるのかな？」

「いいえ」

たかが侯爵令嬢に、そんな力があるわけない。

私は知っているだけだ。

カイル様がヘイシス王国の王になるルートが存在することを。

私はあえてもう一度問う。

「いかがですか？」

カイル様はそれには答えず、けれど静かに口を開いた。

「……俺にはね、兄が二人いるんだ。それも知ってる？」

「ええ」

第一王子のルルド・ネスト・ヘイシス殿下と、第二王子のサナム・ネスト・ヘイシス殿下。

でも、カイル様にとって大切なのは、ルルド殿下ただ一人だ。

「俺の母親はもともと身体があまり強くなくて、俺が三才くらいの頃には、もう部屋から出るのも難しい状態だった。それから二年ほどして亡くなったんだ」

「存じ上げております」

そのこともあって、カイル様は国を離れたのだ。

カイル様のお母様の死因は、表向きには病死とされている。

でも、第二王子派の手によって毒を盛られたのだという噂もあった。

結局証拠はなくて、真実はわからないままだけれど。

「幼い俺を守り育ててくれたのは、第一王子であるルルド兄上の母、セシリア様だった。セシリア様が、母親代わりだったんだ。優しい人だったから、兄上同様に俺のことも可愛がってくれた。いまでも俺は、あの方をもう一人の母親だと思っているよ」

セシリア様のことを思い出したのか、カイル様の顔が和《やわ》らぐ。

その横顔は、以前公園のベンチで見たものと同じだ。

ふと私は、自分の思考に疑問を持った。

カノン殺害未遂容疑をかけられる断罪ルートを回避するために、攻略対象の誰かに接触する必要があると思った。

その時、真っ先に頭に浮かんだのはカイル様だった。

ロイ様でも、他の攻略対象でもよかったはずだ。

けれどなぜか、どうやってカイル様とお話しするかということだけ考えていたと気づく。

「ルルド兄上も、よくしてくれた。こちらに来るまでは、いつも兄上に引っついて回っていたものだ。少し優しすぎるきらいはあるけれど、聡明で尊敬できる人だよ。だから俺は、あの人を王にしたい。国に帰ったら、臣下として兄上の助けになりたいと思っている。……自分が王になるつもりはない」

真剣な顔で言うカイル様。

その瞳の奥には、確かな愛情がうかがえる。

――この人は、本当にお兄さんが好きなんだ。

とても、大切に思ってるんだ。

純粋でまっすぐなカイル様と比べて、ずるい私はこの人のお兄さんへの気持ちを利用できると考えている。

私は下を向いて唇を噛んだ。

一つ息を吐いてから、また笑みを張りつけて顔を上げる。

「どうして、ここまでちゃんと答えてくださったんですか?」

カイル様は私を見ると、いつものように笑って肩をすくめる。

「よくわからないけど、真剣さは伝わってきたからね。さあ、俺は答えた。次はエリカ嬢の番だ」

ここまできちんと向き合っていただいたからには、私も正直に話さなければならない。

「ありがとうございます」

私は心から頭を下げて、それからゆっくりと口を開いた。

——日本という異世界で生きていたこと、生まれ変わったこと、乙女ゲームのこと。

それらすべてを話し終えるまで、三十分ほどかかっただろうか。

私の告白を一通り聞いたカイル様は、お腹を抱えてテーブルに突っ伏した。

「エ、エリカ嬢が……くくっ、悪役令嬢？」

そこ、そんなにおかしいですか？

学園だと、その認識は一般的じゃないですか。

けれどカイル様は、なおも腰をくの字に曲げて笑い続けている。

「髪！　髪がカップに入っちゃいますから！」

「ああ、失礼……くくっ」

笑い上戸《じょうご》ですか。

確かにとんだ妄想に聞こえるでしょうよ。

だけどこっちは真剣に話してるんです！

ちょっと笑いすぎではありません？

「面白い話だけど、流石《さすが》に無理がないかな？」

「信じられないなら、それでかまいませんわ。バカな女が妄想を真実だと錯覚しているだけです。このことは、どうぞお忘れください。ついでに、もう私にはかまわないでいただけると嬉しいですわ」

そう言って立ち上がろうとする私を、カイル様は手を上げて制する。

「まだ話は終わっていないよ。その妄想通りに、ロイやカノン嬢が行動したことは確かでしょ？」

「偶然ということもありますわ」

「偶然か。そうだね。まあ、それはそれとして、聞きたいことがある。カノン嬢は複数の男――それも国の重鎮《じゅうちん》の子息たちでハーレムを作るつもりってことだけど、それも無理があるんじゃないかな？　王太子や婚約者のいる貴族の子息たちを、聖女候補とはいえ平民がたぶらかして、周りが許すとは思わないよ。エリカ嬢が罪に問われる前に、カノン嬢のほうが破滅しそうだけど？」

私は「そうですわね」と相づちを打つ。

少し冷《さ》めてしまったお茶で軽く喉を湿らせてから、答えた。

「彼女がただの聖女候補であれば、確かに許されるはずがありませんわね」

そもそも、教会の聖女は宗教を象徴する存在であるがゆえに、イメージが大切だ。男を複数人手玉に取るようなことをしていては、聖女に選ばれることすらないだろう。

「けれど現在、暗黒竜の封印が綻《ほころ》びつつある……つまり、カノンが本物の聖女になる可能性があるならばいかがでしょうか？」

私の言葉に、カイル様は急に表情を硬くした。

頬杖をつき、なにかを思案するように目を細める。

「エリカ嬢、それは妄想にしても、あまりに突飛《とっぴ》すぎるよ？」

「そうですわね」

私は素直にうなずいてみせた。

「ですが、そういうことですの」

暗黒竜の封印は、すでに綻《ほころ》びつつある。

まだ一部の人間しか知らないことだが、そのうち公《おおやけ》にされるだろう。

「あと一年と少しで、先の聖女と勇者によって封じられた厄災が甦《よみがえ》ります。この国の……いいえ、世界を救うことができる人間を、たかがハーレム願望があるくらいのことで潰せますか？」

カイル様は、はあとため息をついてから口を開く。

「できない。というか、男をあてがっておくことで国につなぎ留めておけるのなら、喜んでそうするだろうね」

眉間に皺《しわ》を寄せ、ためた息をつくカイル様。

「……少し、話を整理させてもらってもいいかな？」

「もちろんどうぞ。あ、紅茶のおかわりはいかがですか？」

カイル様のカップはすでに空《から》になってしまっている。

「ありがとう。いただくよ」

「はい」と答えつつ、席を立つ。

せっかくだから、私もちゃんと茶葉から淹《い》れよう。

日本で暮らしていた頃、お母さんが紅茶にこだわっていたから、私もちゃんと淹《い》れ方をマスターしたんだよね。

エリカになってからはリリーナにお任せしていたけど、実はわりと得意なのだ。

「どうぞ」

淹《い》れた紅茶をカップに注《そそ》ぎ、カイル様の前に出す。

「ありがとう」

カイル様はにこりと微笑み、すぐにカップを口に運んだ。

私もカップを手に席に戻ったのを見て、彼が話しはじめる。

「さて、先のエリカ嬢の話だと、キミには別の世界で生きていた記憶がある。そしてここは、その記憶の中にあるゲームとやらの世界……ということだよね？」

「正確には、ゲームをモデルに作られた世界、ということでしたわ。この身体に私の魂が宿る前に自称神様に言われたことですので、正直どこまで信用してよいのかは悩みどころなのですけれど」

自称神様は肝心なことをなにも教えてくれなかったし、なんたって私を破滅エンドオンリーの悪役令嬢にした人（？）だし。

「ですが、少なくともこれまでは、ゲームの筋書き通りに進んでいることは確かです。登場人物もイベントも、私が見た限りはおおむね同じですから」

「なるほど……。それで、そのゲームでは、俺もカノン嬢の攻略対象だと……」

カイル様は言いながら、あからさまに顔をしかめた。

「そんなに不愉快ですか？」

「はっきり言って、カノン嬢にはまったく惹《ひ》かれる気がしないんだが……」

「そうなんですの？　可愛らしい方だとは思いますけど」

確かに、カイル様の好みとはタイプが違うかもしれない。

カイル様の周りにいる女性は、大人っぽい美人ばかりだ。実際に、年上の人も多い。

それに対し、カノンは守ってあげたくなる可愛い妹キャラだ。

「俺的には、カノン嬢よりエリカ嬢のほうがタイプだけどね」

はいはい、そういうのはいいですから。

無駄にフェロモンを振り撒《ま》かないでください！

「それはどうもありがとうございます」

「ものすごい棒読みだね」

「本当は、カイル様とも関わり合いたくなかったもので」

「ああ、破滅エンド回避のため？」

「ええ。ですが、カノン様がハーレムルートに進むとなっては、悠長なことを言ってはいられません。それに、ティオネ様のことを思いますと……」

自分の身の心配もあるが、やっぱりティオネ様のことを考えると、ロイ様攻略は放っておけない。

ティオネ様は、完全に孤立していた私とお友達になってくれた方だ。

もともとファンではあったけれど、そうじゃなくても、ティオネ様を悲しませるようなことはできる限り避《さ》けたい。

「カイル様、ロイ様を止めてくださいませんか？　彼がこれ以上カノン様に惹《ひ》かれないうちに」

「……カノン嬢がロイを落とせないとして、封印修復の旅に影響は？」

「ありませんわ。最悪、連れていく攻略キャラはいなくても問題ありませんから」

たとえカノンが一人しか攻略できなかったとしても、バトル編でともに旅するモブが増えるだけだ。

勇者でさえ、モブが務めることもある。

私はそのモブのポジションをすべて攻略対象キャラに……いわゆるハーレムパーティにしたいがために、何十回もゲームをやり直してたんだけどね。

「なら、俺もカノン嬢と恋をする必要はないわけだ。それは朗報《ろうほう》だな」

カイル様はえらく嬉しそうだ。見るからにホッとしてる。

「……だけど、エリカ嬢は俺にこの話をしてもよかったのかい？　もし俺がカノン嬢に恋することがあれば、このことを彼女に伝えるだろう。そうしたら、カノン嬢は余計にキミを邪魔に思うよね？」

「ですから、先に確認したのですわ。あなたがカノンに攻略されないと確信したから、お話ししたんです」

私はそう言ってにっこりした。

「俺が聞かれたのは、王になりたいかってことだけど？」

「ええ。あなたが王になりたいかどうか……いいえ、お兄様のことをどの程度慕《した》ってらっしゃるかが知りたかったんです」

カイル様の顔が訝《いぶか》しげに歪《ゆが》む。

「カノン様がカイル様を攻略するかどうかで、ヘイシス王国の未来は変わります」

カイル様を攻略せずにバトル編を進める場合、彼は学園を卒業してすぐにヘイシス王国に戻る。そして、カイル様が第一王子のルルド殿下を後押しして王位につけるのだ。

一方、カイル様がカノンとともに暗黒竜封印のための旅に出ると、その直後ヘイシス国王が急逝《きゅうせい》する。

王位継承権争いが急激に激化して、本格的な内乱が勃発《ぼっぱつ》。

その戦いの中で第二王子サナム殿下にルルド殿下が殺されてしまうのだが、カイル様はそのことをかなりあとになってから知る。

封印修復の旅から戻ったカイル様は、グレンファリアの力を借りて第二王子を討《う》ち、ヘイシス王国の国王になるのだ。

だから、カイル様がカノンとともに旅に出れば――

「あなたがカノン様を選ぶと、お兄様が死ぬのです」

こう言えば、お兄様を大事に思っているカイル様は、カノンに恋できなくなる。

たとえ惹《ひ》かれていったとしても、大事なお兄様の命と天秤《てんびん》にかけることになるから。

ごめんなさい。ごめんなさい。

これは卑怯《ひきょう》で、卑劣《ひれつ》な脅《おど》しだ。

「申し訳ございません」

「なぜ謝るの？」

「……私の目的のために、カイル様に辛い選択を強《し》いることになるかもしれませんから」

「そうかな？　この話を聞いていなければ、俺は兄上を死なせていたかもしれない。でも、エリカ嬢が教えてくれたおかげで、俺は兄上を危険に晒《さら》すことはない。それに、いまのところカノン嬢に恋をするつもりはないしね」

「そうですか」

私は小さく息を吐いた。

あまりの緊張で身体が震えている。

「……なら、私に協力してくださいますか？」

「いいだろう。だが、いますぐエリカ嬢の話をすべて信じることもできない。だから、俺なりにキミの話が真実かどうか、確認させてもらう」

「どうやって？」

「他にも、この先に起こることを教えてくれ。それを確認していけば、ある程度判断できるだろう」

「わかりました。そうですわね……近いイベントでいくと、明日、食堂でちょっとした騒ぎが起こるはずです」

「さっそくだね。どんな騒ぎ？」

「……憂鬱《ゆううつ》なものですわ。私がカノン様の教科書を切り刻んだと言われて、王太子様たちに吊るし上げられるイベントです」

言っておきますが、もちろん冤罪《えんざい》ですよ。

十二

学園の食堂は、お昼の時間になると生徒で溢《あふ》れかえる。

中庭に面した壁はガラス張りになっており、私はそのガラス面の近くの席に座ろうとしていた。

テーブルを挟んだ向こう側のソファに、マリア様とティオネ様が座っている。

けれど手前側のソファに腰かけた人物を見て、私は昼食の載ったお盆を手に固まってしまった。

そこにはなぜか、カイル様が座っていた。

私は彼ににっこり笑いかけながら、視線で問いかける。

『いったい、どうしてここに座っていらっしゃるのですか!?』

そんな私に、カイル様は素知《そし》らぬ顔で微笑みを返してくる。

「エリカ嬢、ご機嫌《きげん》いかがかな？」

「すまない、エリカ様。カイル兄がどうしても同席したいと……」

私とカイル様の間に流れる微妙な空気を察したのだろう。マリア様が申し訳なさそうに頭を下げた。

とんでもない!!

マリア様は悪くないです！

悪いのはこのチャラ男です！

「い、いえ。もちろん歓迎いたしますわ」

おほほっ、と笑ってカイル様の隣に腰を下ろす。

昼食のお盆をそっとテーブルに置くと同時に、ふーっと息を吐き出した。

ものすごく座り心地が悪い。

「なにか悩み事ですの？　深いため息ですわね？」

ティオネ様が可愛らしく小首を傾《かし》げて言う。その仕草にいつものようにキュンとしながらも、私のイライラはなくならない。

「ごめんなさい。大したことではありませんの。ただ、その、体重が……」

私は頭の中で必死にそれらしい悩みを作り出した。

まあ、まったく悩んでいないわけでもないので、嘘ではない。

「実はダイエットが行き詰まり気味で」

「でも、一時期よりかなり痩《や》せたんじゃない？」

そう言ってくれたのは、マリア様。

太ってたとは思われてたんだね。でなければ、「痩《や》せた」とは言わないよね。

「そうなんですけれど、やっぱりもう少し腕やお腹を細くしたいのですわ」

下半身は結構スリムになってきたと思う。

だけど、二の腕とお腹周りのお肉がね……

「体重も減少が止まってきていまして」

停滞期ってやつだろう。

「私は以前豆腐ダイエットをしたことがありますわ。お肉やパンを減らして、お豆腐をメインに食べるんですのよ。お豆腐でハンバーグを作ってもらったこともありますわ」

ティオネ様がそうおすすめしてくれる。

それにしても、相変わらず食生活が庶民派だな。

するとカイル様が、「それも豆腐じゃないの？」と私のお盆を指さして言った。

「そうですわ。豆腐ステーキとカンパーニュ、それにオニオンスープですけれど、なにか？」

食堂のおばさんに頼んで、特別に作ってもらったダイエットメニューだ。

カロリー控えめの豆腐ステーキに、栄養価が高い全粒粉とライ麦を使った、ドライフルーツたっぷりのカンパーニュ。

私はカイル様に対するせめてもの抵抗に、話を無理やり別の方向へ持っていく。

「ティオネ様でも、ダイエットなさるんですね」

まったく必要ないように見えるんだけど。

「それほど太りやすいほうではないのですけれど、ふくよかな女性の役を演じた時に、役柄に合わせて体重を増やしたことがあったんです。けれど、その次の公演は痩《や》せ型の女性の役で、慌ててダイエットしたのですわ」

おおっ！　役者魂！

そんな話をしながら、私たちは食事をはじめようとした。

けれど、食堂の入口から聞こえてきた激しい足音に手を止める。

……来た。

まだ一口もお昼ご飯に口をつけてないのに、足音はどんどんこちらに近づいてくる。

バンッ！

私の目の間にいきなり叩きつけられたのは、ボロボロの教科書。

「貴様の仕業なのはわかっているんだぞ！　エリカ・オルディス!!」

目を吊り上げて、王太子が私を怒鳴りつけた。

彼のうしろには取り巻きたちが控え、そのさらにうしろで涙目のカノンが成り行きを見守っている。

これがイベントの一つだ。

「突然何事ですの？」

私はフォークを置いて顔を上げた。

来るならご飯を食べてからにしてくれませんかね！

お腹すいてるんだよ。

「とぼけるな！　これは貴様の仕業だろう！」

テーブルの上の教科書を指さし、王太子がまた怒鳴り声を上げる。

「あら、ずいぶんボロボロですこと。どうなさったのですか？」

さあはじまりましたよ、カイル様。

しっかり見ていてくださいね？　このバカバカしい寸劇を。

私はちらっとカイル様に視線を投げてから、王太子たちに向き直る。

おや？　取り巻きたちの中にアルビス辺境伯のご子息、ガイ様がいませんね。

ま、どうでもいいですが。

「とぼけるなと言ったはずだ！　貴様がしたんだろう！」

「よくわかりませんが、どなたのものですの？　その教科書」

「カノンのものだ！　貴様が切り刻んだんだろうが!!」

バンバンと教科書をテーブルに打ちつける王太子。

そんなことしたら、余計ボロボロになるよ？

まあ、どうせ新しいものを用意するんだろうけどね。

「なぜ私がそんなことを？　そもそも私は教室で一人になっていませんわ。いつ行《おこな》ったんです？」

私の言葉に、王太子は、ふんっ！　と鼻息荒くふんぞり返る。

「どうせ、クラスの皆が特別教室で授業を受けている間にやったんだろう」

確かに、お昼休みの前の授業は特別教室で行《おこな》われていたので、いつもの教室は無人だった。

だけど……

「私もその授業に出席しておりましたが？　ご一緒でしたからご存じですよね？」

すると、ぐっ、と言葉に詰まる王太子。

そんな彼を助けるように、宰相の息子ナサル様が口を開く。

「そんなもの、別の人間に命じてやらせたに違いありません。このところエリカ・オルディスは、他のクラスの人間と密に接触しているようですから」

ナサル様は、マリア様たちのほうをチラッと見て言う。

ちょっと！　私のことはいいけど、マリア様たちを巻き込むのは許さないわよ！

ナサル様の援護で、王太子は急に得意げになった。

「その通りだ！　誰かにやらせたんだろう！　貴様らしいやり口だ！」

そう言ってから、マリア様とティオネ様のほうを向くと、こう続けた。

「お前たちも、友人は選んだほうがいいぞ？　この女、身分だけはあるが、中身はクズだからな！　まあ、すぐにわかって離れていくだろうが」

この言葉に、私は流石《さすが》に文句を言おうとした。

でもその前に、ティオネ様が口を開く。

「おそれながら、殿下。自分の友人は自分で選びますわ。王太子殿下といえど、学園では一生徒。私の個人的なお付き合いにまで口を出すのはご遠慮願います」

ティオネ様はいつも通りの穏やかな声音と表情で、王太子の顔をまっすぐ見据《みす》えて言い放つ。

かぁっこいい！

うっとりですよ。

可憐《かれん》で凛々《りり》しいティオネ様に、私のハートはずっきゅん撃ち抜かれちゃいます！

こんな素敵な援護射撃をしてもらって、私自身が黙っているわけにはいかないよね！

そう思って、私は王太子たちに問いかけた。

「ところで、私をお疑いになるということは、証拠があるのでしょうか？」

「ある！」

待ってましたとばかりに、大司教の息子ルイス様が、小さなナイフを出してきた。

「これがお前の鞄《かばん》から出てきた」

「私の鞄《かばん》から？　どういうことですか？　それに、そのナイフが私の鞄《かばん》に入っていたとして、なぜルイス様がお持ちですの？」

「我々が検《あらた》めたからだ」

えらそうに言っているけれど、他人の荷物を勝手に開けて見るとか……

マリア様とティオネ様も、汚物でも見るような視線を向けている。

「私のものではありませんわ」

一応否定するが、王太子はまったく聞く耳を持たない。

「ならばなぜこのナイフが貴様の荷物に入っていたのだ！」

知らないよ、そんなの。

おおかたカノンの教科書をボロボロにした犯人が、私に罪を着せるために入れたんじゃないの？

「それは存じ上げませんが……」

あーお腹すいた。

そろそろこのやり取りにも飽きてきたよ。

早く終わってくれないかな？

「そもそも、なぜ私がカノン様の教科書を切り刻まなければなりませんの？」

「そんなもの決まっている！　貴様がカノンに嫉妬《しっと》しているからだ！」

「はあ……嫉妬《しっと》ですか」

もう相手するのも疲れてきた。

私がやりましたごめんなさいーって謝れば解放されるかな？

いやいや、そんなことをしたら破滅エンドにぐっと近づいてしまうじゃないか。

ここは我慢だ。

するとそれまで黙って成り行きを見守っていたカイル様が、唐突に口を開いた。

「エリカ嬢が彼女のなにに嫉妬《しっと》を？　身分も見た目も、エリカ嬢のほうが上でしょ？」

いきなりここでぶっこんでくるのか！

カイル様の発言に、一瞬全員が沈黙した。

王太子たちのうしろにいるカノンは、目を見開いて驚愕《きょうがく》している。

ヒロインにあるまじき形相《ぎょうそう》だね。

「私がカノンを選んだからだろう！　その女は王太子妃の座を狙っていたからな。私を慕《した》っているのに、相手にされないからカノンに嫉妬《しっと》しているんだっ！」

……もう無視してご飯食べていいかな？

うん。いいよね。食べよう！

バカとバカとバカがピーチクパーチク言っておりますが、もう知らん！

だいたい、なんでこんなバカたちに、私の食事が邪魔されないといけないのだ。

豆腐ステーキを一口大に切って口に運ぶと、王太子が額《ひたい》に青筋を浮かべた。

「……き、貴様なんのつもりだ！」

そう言って、私のフォークを取り上げた。

仕方ないので、オニオンスープをいただくことにする。

「貴様！　いい加減にしろ！　王太子殿下が話しておられる最中に飯を食べるとは、どういうつもりだ!!　不敬だぞ！」

ルイス様に怒鳴られた。

唾が飛んできたよ。汚いなあ。

「食事中にいらしたのはそちらでしょう。昼食の時間がなくなりますので、手短にお願いいたしますわ。えーっと、なんでしたっけ？　私が王太子様をお慕《した》いしていて、カノン様に嫉妬《しっと》しているのでしたか？」

「そうだ！」

私はナプキンで口元を拭《ぬぐ》って、クスッと笑った。

「そんなこと、あるはずございませんわ。だって――」

「そうだね、あるはずない。だってエリカ嬢は俺と付き合ってるんだから」

……はい？

いま、カイル様がなにかとんでもないことをおっしゃった気がするけれど、幻聴か？

頼むからそうであってほしい。

何事かと様子をうかがっていた生徒たちがざわついていて、何人かの女子生徒は悲鳴を上げる始末。

きっと、空耳かなにかだよね？

お願いです。誰か私にそう言ってください。

そんな私の願いも虚《むな》しく、カイル様は言葉を続ける。

「しかもちょうどいま、付き合いはじめの一番イチャラブな時期だしね。愛する恋人がいるのに、エリカ嬢が殿下を慕《した》ってるわけないでしょ？　自意識過剰だよ」

イチャラブ？　愛する恋人？

頭が真っ白になった私の腰に、いつの間にかカイル様の腕が回されている。

なぜに!?

「嘘ですっ！　そんなはずがありませんっ!!」

悲鳴のようなカノンの声が響く。

「どうして？　そんなこと、キミに言い切れるわけないよね？」

カイル様がカノンに冷たい視線を向ける。

「……だって、だって！」

カノンはスカートを握り締めて、ワナワナと震えていた。

かと思うと、急に踵《きびす》を返して走り去っていく。

「カノン⁉　どうしたんだ⁉　ま、待ってくれ！」

慌てて追いかける王太子と取り巻きたち。

サヨウナラー、二度と来んなー。

ようやく食事にありつけると思って一息ついていると、耳元でカイル様がこそっとささやいてくる。

「これで、エリカ嬢がカノン嬢に嫉妬《しっと》する理由も、嫌がらせする理由もないって、皆に知れわたったよ。破滅回避に一歩近づいたね？」

「も、申し訳ございません。少々体調が悪く……本日はこれで、失礼いたしますわ」

私はフラフラと立ち上がって、興奮冷《さ》めやらない食堂を横切っていく。

廊下まで出た私は、全速力で走り出した。

中庭に出て、とにかく人がいない場所を探す。

学園の敷地の外《はず》れまでやってきて、周りに人影がないのを確認した。

それから、すうっと肺にいっぱい空気を吸い込んで、力の限りに叫ぶ。

「なんじゃこりゃーっ!!」

――ふう。ちょっとスッキリした。

さて、この声を聞きつけた誰かが来る前に、とっとと退散することにしよう。


「ウフフ、それにしても驚きましたわ！　いま学園中の話題ですわよ？　いつの間にお付き合いしてらしたの？」

放課後になって、私はファンクラブの方々とティールームにいた。

今日集まったのは、会長のサラ様と副会長のミランダ様。

それと、先輩会員の方が一人。

いつもはマリア様とティオネ様の話題で盛り上がる皆様も、今日ばかりは私を質問責めにしてくる。

「もしかして、昨日のお呼び出しが告白だったんじゃありません？　もうっエリカ様ったら、なにもおっしゃってくださらないんだから!!」

ミランダ様がテンション高めにまくしたてる。

いつの間に？　私にもわかりません。

告白ですか？　されてませんよ。

「羨《うらや》ましいですわ！　やっぱりいまは、王太子様よりカイル様ですよね！」

先輩会員の方がそう言って目をキラキラさせる。

食堂での騒動のあと、私はこの学園で初めて授業をサボり、裏庭の片隅《かたすみ》で静かに身を潜《ひそ》めていた。だって怖いんだもん。

そんなすぐには教室に戻れませんよ。

放課後になって、こっそりスウェットだけを取りに行った私。教室にはまだバカたちがいたので、教室のうしろの棚に置いてあったスウェットの袋だけを持ち出したのだ。

「オホホ。それより、ダイエット体操をするのでしたよね？　ささっ、はじめましょう！」

私は彼女たちの追及から逃《のが》れるように、ソファとテーブルを隅《すみ》っこに寄せて、準備をはじめた。

実は、ダイエット法を教えてほしいという方がファンクラブ内に多く、私がレクチャーすることになったのだ。

短期間で健康的に痩《や》せたから、皆気になっていたらしい。

女の子がダイエットに興味津々《きょうみしんしん》なのは、日本も異世界も同じようだ。

タイトルは『エリカ・オルディスのダイエット講習会』。

ホントは昨日の集《つど》いが第一回の講習会になるはずで、そこで運動や食事についてお話しする予定だったのだ。

三十名もの会員が集まってくれていたにもかかわらず、講師が大遅刻。

ただ、私がカイル様に呼び出されたことは伝えてあったため、代わりに発足したのが『エリカ様とカイル様を応援する会』だったとか。

そんなものはいりません。

それより、ダイエットについて話しましょう！

というわけで、今日こそは私がダイエット法を伝授するのです。

昨日するはずだった運動や食事についてのお話は、後日の集《つど》いの時にすることにして、本日はヨガをお教えする予定だ。

とはいえ、私も日本で暮らしていた頃に本屋で買ったＤＶＤの知識くらいしかなく、しかもうろ覚え。適当なヨガモドキなんだけどね。

服は、私のスウェットの予備を使うので、今日の生徒役は三人だけ。

まずはこの三人に試していただいて、意見を聞かせてもらうつもりだ。

「さっ、皆様こちらの服にお着替えをお願いします」

私は用意していたスウェットを皆様に手渡していく。

それからぱっぱと制服を脱いで、手早く着替えた。

さあさあ！　身体を動かしていらんことは頭から追い出しちゃいましょう!!

「これがエリカ様のおっしゃっていたスウェットですのね？　確かにとても動きやすいですわ」

軽く腕や足を曲げ伸ばししながら言うサラ様。

ミランダ様たちも、好意的な感想を口にする。

「ずいぶん楽ですものね」

「寝間着にもよさそうですわ」

それを聞いて、私はにやりとうなずいた。

「なかなか優《すぐ》れものでしょう？　貴族の令嬢が着るには、少々抵抗があると思うのですが、これからするダイエット体操とセットで、体操着として売り出せないでしょうか？」

実は先輩ファンクラブ会員の彼女は、お母様のご実家が王都でも有名な商会なのだ。

以前作ったスウェットを売り出せないかなと思って、今回この場に彼女もお呼びした。

売れそうなら、アイディア料として売上の一部をいただける予定だ。

ココルで売るにはちょっと路線が違うというのもあり、商会に伝手《つて》のある彼女にご相談させていただいた。

　一緒に売り出すダイエットメニューとかも考案中。

　国外逃亡はできるだけしないと決めたけれど、お金は稼いでおくに越したことはない。だって、勘当されちゃうかもしれないしね。

「そうですね……こちらを一枚借りて帰ってもよろしいかしら？　あと、一つ確認したいのですが、仕立てはバルテズ商会にお願いなさったのですよね？」

「ええ。我が家の御用達《ごようたし》ですので」

「では、そちらとも相談させていただいたほうがよろしいわね」

　ふんふんと何度もうなずいている様子を見ると、反応は悪くなさそうだ。

「ひとまず持ち帰って検討させていただきますわ」

「よろしくお願いいたします」

　よっし！　第一段階はクリア、かな？

「では、さっそく体操をはじめましょうか！　まずは準備体操からですわ！」

　いきなりヨガをはじめるのは結構キツイから、私は先に準備体操をするようにしている。

「はい！　皆様少し離れて立ってー！　私の動きをしっかり真似してくださいね！　い

きますわよ！　両手を上に上げてー！　イチ、ニ、サン、シ！」

うーん、音楽が足りない。

これは後々、要検討かな？

そうして準備体操のあとにヨガを終え、一息ついた頃――

「ところで、カイル様とはどこまでいきましたの？」

やたらテンション高く、サラ様が口を開いた。

「……は？」

なんですと？

「あら？　まだ流石《さすが》に早くありませんこと？」

「ですがお相手はあのカイル様ですわよ！」

「確かに、ありえますわ」

そんなふうに盛り上がりはじめる皆様。

「「「で、どうなんですの？」」」

三人が息をぴったりそろえて聞いてくる。

怖いよ。

こうもグイグイこられると、コッチもイタズラ心が刺激されてしまうというもの。

私はなにも言わず、手招きした。

部屋の真ん中で、四人が顔をつき合わせる。

「内密にしていただけますか？」

「もちろんですわ」

「当然です」

「私たち四人だけのヒミツですわね？」

まあ、王太子たちの耳に入らなければいいだけなんですけどね。

「実は……嘘なんですの。ほらっ、私、カノン様になにかあるたびに、王太子様に犯人扱いされてしまいますでしょう？　カイル様とお付き合いしていることにすれば、あの方をいじめる理由がなくなります。そう言って、カイル様が一芝居うってくださったんですわ」

本当のことを知れば、皆様さぞかしガッカリするだろう。

……かと思いきや、三人ともにやにやしている。

「ウフフ」

「フフッ」

「……エリカ様ったら！」

「あの、皆様？」

「エリカ様。たとえそうだとしても、私なら、なんとも思っていない方のために、そんな面倒なことはいたしませんわよ？」

サラ様？　顔が怖いです。

「そうそう。その通りです」

「最初はお芝居のつもりでも、ね？」

したり顔で相づちを打つミランダ様たち。

「いやいやいや。ないです、ないです！」

私は必死に頭と両手をブンブン横に振る。

「楽しみですわ。カイル様相手に、エリカ様がどこまで逃げられるかしら」

サラ様？　どういうことですか？　それ！

三人はそれ以上なにも言わず、ただ意味ありげに笑って去っていった。


サラ様たちと別れる頃には、私は妙に疲れてげっそりしてしまっていた。

教室に荷物を置いたままだったので取りに戻り、人がいないことを確認してから中に入る。

自分の席に向かおうとして、あれ？　と違和感を覚えた。

鞄《かばん》は机の上に置いてある。

その下に、なにか挟まっていた。どうやら教科書のようだ。

机に近づいて、恐る恐る鞄《かばん》を持ち上げる。

『いい気になるな、ブス』

そんな文字が、教科書の表紙にデカデカと書かれている。

なんか見たことある字なんですけど……

その筆跡は、私のよく知るヒロインのものにとても似ていた。

どうやら私は、いじめっ子から、いじめられっ子にジョブチェンジさせられたみたいだ。

全部カイル様のせいですね。

呪ってやる！　ハーゲーろー!!

十三

食堂での吊るし上げイベントから二日が経った。

……あれ？

学園内の女子トイレに入っていた私は、個室のドアを開けようとして、そのまましばし固まった。

個室の鍵は、日本のトイレによくある閂《かんぬき》タイプのもの。

閂《かんぬき》は内側についていて、それはすでに外《はず》れている。

もう一度力を入れて開けようとしてみる。

けれどドアはびくともしない。

もしや……？

あきらかになにかがつっかえている。

あーれーまー。これはアレだね？　閉じ込められたってことだよね。

ドアの高さは身長より少し高いくらいで、手を伸ばしたら縁《ふち》には届く。

天井との間には隙間があるので、あそこによじ登れたら脱出できそうだ。

いけるかな？

ドアの縁《ふち》に手をかけ、懸垂《けんすい》の要領で身体を持ち上げた。

キ、キツイ。超キツイ。

腕！　腕がもげる！

それでも根性でよじ登り、隙間から顔を出した。

ドアを見下ろしてみるけど、なにがつっかえているのかはわからない。

たぶんドアの下になにかあるのだろう。

さて、ここから飛び下りようか、どうしようかと考えていたところ、助けが現れた。

「……きゃっ！」

トイレに入ってきた一人の女子生徒が、私を見て声を上げた。

ばっちり目が合ってしまい、しばし見つめ合うことに。

「……え？　エリカ様？」

ホホホ。お恥ずかしい。

「ドアの下になにかが挟まってしまっているようで、開かなくなってしまいましたの。ちょっと見てみてくださる？」

私は余裕ぶった口振りで、ドアの上からニッコリ笑ってお願いした。

女子生徒は困惑しながらも、ドアの下に押し込まれていた石を取り除いてくれて、私は無事トイレから出ることができた。

まったく、やることが小学生レベルだ。

実は、こういうたぐいの嫌がらせは、この二日間ずっと続いていた。

朝、教室に入ったら机の上にゴミの山。

廊下を歩いていたら足を引っかけられる。

昼食を終えて教室に戻ると、鞄《かばん》が水びたし。

階段で背中を押される。

そしていま、トイレに閉じ込められた。

どんだけベタなんだよ。

エリカがカノンにしていた嫌がらせも、似たようなクオリティーだったんだけどね。

まあ、嫌がらせされるのは不愉快ではあるものの、破滅エンド回避という目的からすればいい傾向だ。

カノンのハーレムエンドさえ阻止できたら、処刑される危険性はかなり低いと見ていいんじゃないかな。


というわけで、放課後。ハーレムルートを妨害するために、授業を終えてすぐに私は二年生の教室へ向かった。

目指すはカイル様のクラスだ。

学園の校舎は学年ごとにフロアが分かれている。自分の学年のフロア以外に行く必要がないので、下級生が上級生フロアに足を踏み入れることは稀《まれ》だ。

なにが言いたいのかと言うと……もう帰りたい。

上の階に上がった途端、先輩方の視線が突き刺さってくる。

ちょっとじろじろ見すぎじゃあないですかね、先輩方。

私はパンダでは、ありませんよ？

ものすごく居心地の悪い思いをしながら廊下を奥まで進み、特別クラスの前まで来る。

「あの、少しよろしいでしょうか」

特別クラスのドアの前で、私はちょうど教室から出てきた先輩に声をかけた。

「なにか？」

「申し訳ございませんが、カイル様を呼んでいただけないでしょうか？」

私が頼むと、先輩は「ああ！」と声を上げた。

「なんか見たことあると思ったら、噂のカイルの彼女さんか」

違います！

声を大にしてそう叫びたい。

その先輩は面白そうな顔をして教室の中に戻っていく。するとすぐ、カイル様が少し
慌てた様子で現れた。

「本当にエリカ嬢だ。どうしたの？」

「お話がございまして」

「なら、どこかゆっくり話せる場所に移動しようか」

「いえ、すぐすみますから！」

すでに十分目立っているのに、カイル様と連れ立って歩いたら、もっと注目されちゃうじゃないか！

これ以上じろじろ見られるのはゴメンだよ！

「今週末、なにかご予定はございますか？」

「あれ？　デートの誘い？　なら、予定があっても空《あ》けるけど」

「違います。ロイ様の件です」

「ああ。もしかして、また？」

察しがよくて助かる。

「ええ。またこの間の場所で会うはずですので、邪魔してくださいませんか？」

「エリカ嬢も来るなら」

「残念ながら、私はそうそう家を抜け出すことはできませんの」

嘘だ。だが、これ以上カイル様と関わりを深めるのは、いろいろな意味で避《さ》けたかった。

「大丈夫。迎えに行くから。なんならお父上に手紙でも出しておこうか？」

「やめてください！」

エリカの父の一番の狙いは、娘が王太子妃になることだ。けど、王太子とカノンのことは聞いているはずだから、それが難しくなりつつあることもわかっているだろう。

となると、他の候補に目をつけているはずだが、カイル様はお相手として十分。

なんといっても、隣国のとはいえ王族である。

エリカのお父様だもん。かなり有力な貴族だし、絶対カイル様が王子だって知ってるよねー。

そこに、カイル様からデートだなんだと手紙を送られてこようものなら、一気に婚約まで話が進みかねない。

恐ろしいわっ！

「じゃ、週末は朝、邸《やしき》まで迎えに行くよ」

「いやいやいやいや、困ります！　……い、いつも会う店の前で待ち合わせいたしましょう。ええと、お昼前に」

場所や時間は周りに聞こえないように声を潜《ひそ》め、慌てて伝えた。

「わかったよ。でも、気をつけて来てね」

するとカイル様は同じように声を潜《ひそ》め、私の耳元でささやいた。
いちいち耳元に唇を寄せないでくださいってば！
そんな私の心の声を聞いたかのように、カイル様は私からすっと離れて口を開く。
「デート、楽しみだね」
そう言ってニッコリ笑うカイル様。
周りに聞こえるように言わないでー!!
デートではありません！　断じて違います!!
いますぐ叫べたら、どんなに楽なことか。
私はカイル様のせいでげっそりしながら邸《やしき》に帰った。
ってか、最近こんなのばっかりだ！
落ちついて授業を受けた覚えもない！
いったいなぜ!?
自室のベッドに寝転がりながら考えた。
原因の七割くらいは、カイル様にあるような気がする。
残り三割は、言わずもがなカノンたちだ。
ああもうっ！

考えれば考えるほどイライラする。

このイライラは、カノンのハーレムルート妨害にぶつけよう。

今回私が妨害しに行くのは、ロイ様ルートの好感度アップイベントだ。

ロイ様ルートのイベントは、主に演習場の横にある林で進んでいく。

あの林に通っては、カノンは落ち込むロイ様に甘い言葉をかけたり、手作りのお菓子なんかを差し入れたりするのだ。

一回目と二回目のイベントでは、ただ話をしながら好感度を上げていく。

三回目には、「王太子様に差し上げたいと思って特訓しているのですが、お味見してくださいませんか？」とか言って、手作りのお菓子を差し出す。

そしていつの間にか、毎回ロイ様に差し入れするようになるのだ。

二月《ふたつき》ほどそれを続けて好感度を上げていく。

そうして好感度がある一定以上にまで達したら、今度は自身の苦悩をアピールしてさらに仲を深める感じだった。

「私ごときが王太子様の隣になど……」とか、「王太子妃の座を狙っていると、皆様に誤解されているのが辛い」とか。

男友達に恋愛相談しているうちに恋が芽生えて……っていうパターンがロイ様ルート

なのである。

私としては、この二人のフラグをなるべく早く折ってしまいたい。

できれば、次のイベントでバッサリ縁を切っていただきたいものだ。

そこでカイル様の出番というわけ。

「カイル様に、二人で会ってることを咎《とが》めてもらえれば、一応折れると思うんだけどなあ……」

なんたって、ロイ様は婚約者がいる身だ。

なのに、別の女の子と二人で会ってるところを見咎《みとが》められたら、無理に会おうとは思わないよね？

現時点でのロイ様の好感度は、そこまで高くないはずだ。

「……ふむ。やっぱり私、いらなくね？」

カイル様だけ行けばいいよね？

そうつぶやくと、クロがツッコミを入れてくる。

『流石《さすが》にそれはダメだろ！　だいたい、一緒に行くのが条件なんだろ？』

「えー、でもさー、私がくっついてるほうがややこしくない？」

私の言葉に、フィムが同意してくれる。

『カノンさんは、よりご主人様を煙《けむ》たがるかもですね？』

「でしょでしょ！」

フィム、賢い！

可愛い上に賢いとか、流石《さすが》私の使い魔！

私は三毛猫《みけねこ》に擬態《ぎたい》したフィムの頭を、ぐりぐり撫《な》でる。

ふにゃんと耳を垂らして、気持ちよさそうに目を細めるフィム。

ああん、もうっ。可愛いやつめ。

『バカだろ。それでそのカイル様とやらが動かなかったら、好感度が上がっちまうんだろうが。それに、そいつが裏切らないとも限らないぞ？　ちゃんと見張っておくべきだ』

「クロったら、口が悪いよ」

私は口を尖《とが》らせて、クロの鼻先からオヤツの煮干しを取り上げてやった。

『俺はなんも悪いこと言ってない！』

まあ、確かにクロの言うことも間違ってないのは認めるけどね。

「……私、いいこと思いついちゃった」

クロが訝《いぶか》しげにこちらを見つめてくる。

どうせ大したことじゃないだろって顔してますね、クロ。

「んふふ。ねーぇ、フィム?」

『はい?』

「私に擬態《ぎたい》して、代わりに行ってくれない?」

私は名案だとばかりに頼むと、クロが水をさしてくる。

『……知らねーぞ? それでなにがあっても』

……ん? どういうこと?

『相手は遊び人なんだろ? フィムがうまくかわせなくて、あとで困っても文句は言えないぞ?』

『ボ、ボクも、うまくできる自信はありません』

フィムは真っ青になってプルプル震えている。

ちえっ、そんな反応されたら、無理強《じ》いできないじゃん。

ってか、クロは不吉なことを言うんじゃありません!


そうしてやってきた週末。

私は林の中で、ポカンと間抜け顔で立ち尽くしていた。

目の前には、お菓子の入った籠《かご》を持ち、私と同じように立ち尽くすカノン。

そして、この前と同じように、巨木にもたれて座るロイ様。

その隣に寄り添《そ》う――ティオネ様。

二人がお尻に敷いているのは、ロイ様の上着だろうか。

ティオネ様は私に気づくと、ニッコリ笑って手を振ってくれた。

可愛い。思わずへにゃっと表情を緩めて手を振り返す。

いやいや、そんなことしてる場合じゃなくて。

コレ……もしかしなくても修羅場《しゅらば》ってやつじゃないですか？

自分の婚約者に、別の女の子がお菓子を持って会いに来るとか。

浮気現場とまではいかないまでも、ティオネ様としては相当許しがたい状況だよね。

でも、なんでティオネ様がいるの！

カノンはお菓子持参だし！

それは次のイベントの時に持ってくる予定でしょ？　シナリオと違うんだけど！

自称神様や、どういうこと!?

いや、私がカイル様を巻き込んでいる時点で、すでにシナリオ通りではないんだけど……

それにしても、これってまずくないか？

こうやってどんどんシナリオが変わっていったら、私の持つゲームの知識が役に立たなくなってしまう。

私に都合よく変化してくれるならいいけれど、予測不可能なイベントのせいで追い詰められる可能性だって高い。

それでなくとも、まだ思い出せていないイベントだってあるのに！

混乱していると、カイル様が私の耳元でささやいた。

「このほうが早くて確実でしょ？」

犯人はオマエかっ！

「エリカ様、お待ちしておりましたわ」

ティオネ様がにっこり笑って言う。

「……ティオネ様、どうしてこちらに？」

「カイル兄様が、こちらでお昼をご一緒しましょうとお誘いくださったのですわ。兄様ったらエリカ様には内緒でしたの？　お願いされた通り、お弁当を作ってきましたのよ？」

大きなバスケットを両手で持ち上げてみせるティオネ様。

「といっても、料理長が作った具材をパンに挟んだだけですけれど」

ウフフと楽しそうに笑いながらも、ティオネ様はカノンのほうを見ない。

まるでカノンの姿が見えていないみたいだ。

……ハハ、ティオネ様。無視ですか？

すぐそばで立ち尽くしているカノンは、いないことにされてるっぽいよね？

カノンも、目の前で起きていることが信じられないといった様子だ。

あれ？　可愛く微笑むティオネ様がちょっと怖い……

「エリカ様！　さっ、こちらにいらして」

にこにこ顔のティオネ様に手招きされて、「え？　あ、は、はい……」とあたふた近づいていく私。

「エリカ嬢、シートを用意してあるから、こっちに座って」

カイル様もティオネ様と同じように、カノンの存在をまるっと無視して言う。

え、えげつない……

カノンも流石《さすが》に耐えきれなくなったのか、籠《かご》を持つ手をプルプル震わせ、踵《きびす》を返した。

なんか見たことある状況だ。

あ、食堂での吊るし上げイベントの時か。

今回は、カノンのあとを追いかけてくれる人はいないけどね。

カイル様はどこから出したのか、一メートル四方の布を地面に敷いた。

私はその上に、促《うなが》されるままに腰を下ろす。

その様子を見て、ずっと黙っていたロイ様が口を開いた。

「シートを用意したのは俺なんだが、いかにも自分が準備したかのような態度だな、カイル」

そう言いつつも、ロイ様とティオネ様はシートの上に移動しようとしない。

なぜわざわざ上着の上に座り続けるのだろう？

私が首を傾《かし》げていると、ティオネ様がイタズラっぽく肩をすくめた。

「お仕置きですわ。私という婚約者がいながら、別の女性と二人きりでお話ししようとしたのですもの」

そして、「この程度ですんでよかったですわね」とロイ様に向けて微笑む。

「いや、だから、この前一度、本当に偶然会って少し話しただけだよ。今日だって、まさかまたここに来るとは……」

「どうでしょうか？　私がいなければ、二人で仲よく、あの方がお持ちだったお菓子を召し上がっていたのではありませんか？」

「それは、その……」

わお。ロイ様タジタジだね！

完全に尻に敷かれてるんじゃない？

「まあ、次に会った時には、さっさと逃げることだ。でないと……」

カイル様にまで口を挟まれ、ロイ様は「もう勘弁してくれ」と頭を抱える。

「わかっている！　もう二度としない！　彼女とも、他の女性とも、二度と二人きりで会って話したりしないって！」

ずいぶんアッサリした終わりだけど、これで一安心……なのかな？

えらく平和的に解決しちゃった。

◆　◇　◆

貴族街の端、下級貴族の邸《やしき》が並ぶ通りの一角。

そこにある小さな古い邸宅のドアを、私――カノンは乱暴に開け放った。

錆《さび》ついた古い金具は、ドアを開くたびに耳障《みみざわ》りな音を立てる。

父親が準男爵の位《くらい》を賜《たまわ》った時に、見栄をはって購入したボロい邸《やしき》だ。

購入した時点ですでにそこそこ古く、その後父親が仕事を引退してからは、管理維持するお金もなくて、どこもかしこもこのような音を立てる。

その音が、ひどく神経を逆撫《さかな》でするのだ。

私はこんな家に住むべきじゃないのに。

私に相応《ふさわ》しいのは、高位貴族が住むような、何人もの使用人がいる豪華で広い邸宅。

あるいは王族が暮らす王宮。

私は自室のドアを開けて中に入ると、手に持っていた籠《かご》を床に叩きつけた。

中に入っていたいくつものお菓子が散らばる。

昨夜、遅くまでかかって作ったいくつもの焼き菓子。それを無造作に踏みつけて、私は部屋の奥へと進んだ。

ベッドの横に立てかけられた姿見の前に立つと、そこに映る自分を睨《にら》みつける。

「……どうなってるのよ！　どうしてあの女たちがあそこにいるの？　カイル様まで！」

鏡にバンッと拳《こぶし》を叩きつけると、そこに映る自分の姿が歪《ゆが》む。

それはどんどん歪《ゆが》んでいき、色を変えた。

白銀の髪も、紫の瞳も、ふっくらとした桃色の唇も黒くなっていく。

真っ黒い私は、鏡の中からこちらに向かってうっすらと笑いかけてきた。

『大丈夫。なにも心配ないわ』

鏡の中の黒い私が言う。

「どこがよ？　いったいどうなってるのよ！　これまでと全然違うじゃない！」

『大丈夫。これまでも、多少の差違はあったでしょう？　それでも、最後にあなたは必ず欲しいものを手に入れたじゃない。あなたはこの物語のヒロインで、聖女なんだもの。すべてうまくいくわ。そう決まっているのだから』

「でもっ……！」

ギリギリと唇を噛む。

口の端から、一筋の赤い血が流れた。

コレは、生まれた時から私の中にいた。

鏡越しにしか現れないのだが、時折言葉を投げかけてくる。

コレのおかげで、私は自身の存在がどういったものであるかを知ったし、生まれる前に何度も繰り返してきたヒロインとしての記憶も取り戻した。

このループする物語が、今回で終わろうとしているということも教わった。

コレがなんなのか、私は知らない。

知らなくていい。

いや、薄々は気づいているけれど、知らないフリをしている。

なぜなら、コレの望みと私の望みは、一部だけだが一致しているから。

「あの、女……そうよ、あの女が邪魔なのよ」

エリカ・オルディス。

これまでは、気位ばかりが高いバカな女で、「カノン」の踏み台でしかなかった。

「カノン」は「エリカ」のことを何度も何度も死刑台に送った。

なのに、今回はなにかが違う。

『だったら、少し早いけれど邪魔者には消えてもらいましょう』

「消えてもらう?」

『近いうちに、ちょうどいいイベントがあったでしょう?』

鏡の中の自分が笑い、つられて私も笑った。

「……そうね。そうしましょう」

『大丈夫。すべてうまくいくわ』

「ええ、そうね」

私がうなずくと、次の瞬間には、少し髪の乱れたいつも通りの自分が鏡に映っていた。

「エリカ・オルディス。また殺してあげるわ」

乱れた髪を直し、私は鏡に映る自身に向けてニッコリと笑いかけた。

十四

王立貴族学園には、戦闘の授業が存在する。

この世界には魔物だっているし、戦争もあるからだ。

暗黒竜の封印が綻《ほころ》ぶ時期には、その魔力にあてられた獣や魔物が凶暴化し、各地で被害が相次ぐ。

貴族だからこそ、そういったことと無縁ではいられない。

いざという時は、令嬢だって戦うのだ。

戦闘授業では、生徒同士で行《おこな》う訓練の他、騎士団の訓練に参加したり、王都近辺の森や山で行《おこな》ったりする校外授業もある。

そういった校外授業は、一年生の場合、年に三度。二年生になると、年に五回程度行《おこな》われる。

私たちは二学期に入って初めての校外戦闘授業を、来週に控えていた。

そしてこれは、『クラ乙』におけるイベントの一つでもある。

「……ううーん」

私は自室のベッドに突っ伏して呻《うめ》き声を上げた。

『なーんだよ？』

クロのふわふわの尻尾が、私の後頭部をペシペシと叩く。

「や、イベントがねぇ……」

ロイ様イベントはとりあえず阻止できた。

といっても、カノンがあれで諦《あきら》めたとは思えない。

だってしつこそうだもん、あの女。

ってか、乙女ゲームのヒロインって時点で、確実に諦《あきら》めは悪いよね？

攻略対象にしつこくしつこくアピールして落とすのが、乙女ゲームのヒロインというもの。

見た目がいいとか性格がいいとかだけじゃ、イケメン好物件の攻略対象は落とせない。

略奪愛もテンプレだしね。

そう考えると乙女ゲームのヒロインって、結構強《したた》かで性格悪いのかも……

いやいや、問題はそこじゃないか。

いま考えるべきは、校外授業イベントをスルーするか否《いな》か。

このイベント、実はあんまり私には関係がない。

カノンが聖女候補として評判を上げるイベントだからね。

校外授業の内容は、森に入って魔物を討伐《とうばつ》するというものだ。

まあ、生徒が入るくらいだから、危険がないよう兵士も同行するし、強い魔物がいる森の奥深くには入らない。

入念に準備もされているのだが、カノンたちはなぜか厄介な魔物の群れに襲われてしまう。

その時王太子が重傷を負い、カノンが傷を癒《い》やすのだ。

このイベントに、エリカは出てこない。

「私の出番はないからねー。今回はとにかく巻き込まれて怪我しないってのが一番よ」

魔物怖いし。

変に手出しして、シナリオが悪いほうに変わっても困るからね。

どう変わるかわからない以上、迂闊《うかつ》なことはするべきじゃないだろう。

私は魔物に怪我をさせられないように気をつけようと思う。

だけど――

「ただなあー……なんとなーくカノンが失敗しそうな気がするんだよねぇ」

もし万が一カノンが評価上げイベントに失敗して、彼女の評判が低くなりすぎたら……

聖女の役目が私に回ってくるかもしれない。

カノンと同様、私も暗黒竜の封印修復ができる聖女候補なのだ。

だけど、本物の聖女になるのは遠慮したい。

私は破滅エンドを回避した上で、聖女の役目はカノンに押しつけたいのだ！

普通に考えたら、このイベントでは自分の評判を落とさず、カノンの評判を上げる邪魔もせず、スルーするのが一番。

そのはずなんだけど……

「なーんか、大事なことを忘れてるような……」

校外授業イベントは、カノンが聖女になるための評価上げイベントで、それ以上のことは起きないはずだ。

だけどなにかが引っかかる。

「……ううむ」

わからん。

なにかを忘れている気はする。

けど、それがなにかは唸《うな》ったところで思い出せない。

「ま、いっか。私に関係ないものであることは確かだし」

このイベントにエリカが絡まないことだけは間違いない。

いつまでもうんうん言ってたところでしょうがないよね！

いろいろ考えていたら、なんかお腹すいた！

私は「よいしょ」とベッドから起き上がると、ソファに移動する。

すると、クロもテクテクとうしろをついてきた。

ちなみに、フィムは只今お出かけ中。

動物や魔物たちから、ここ最近の街の状況や噂話などを集めてきてもらっているのだ。

ソファに腰かけ、テーブルの上にあったおからクッキーを摘まむ。

『ダイエットはどこいったんだ？』

クロから素早いツッコミが入る。

だが、私は知っている。

クロは呆《あき》れたフリをして、実は自分にもなにか寄越せと暗に告げてきているのである。

私は常備してあるクロのおやつ袋から煮干しを取り出してひょいと投げ、自分もクッキーを齧《かじ》った。

片手でクッキーを持ちながら、もう片方の手でテーブルの隅《すみ》に置いてあった紙を取る。

その紙には、近いうちに起きる予定のイベントが書き出してある。

一番近いのが、来週末の校外授業。

その次が、お楽しみの演劇部の定期講演だ。

『二人の王女』

公演日は、校外授業が終わればすぐ。

『二人の王女』のイベントで、王太子の好感度が十分上がっていれば、カノンは彼の誕生日パーティーに誘われる。

カノンにぞっこんな王太子を見ている限り、『二人の王女』のイベントがどう転んでも、パーティーには誘われるだろう。

私としては、ハーレムエンドにならなければいいから、お好きにどうぞって感じだ。

「まっ、しばらくは平穏な日々が続くでしょう」

先のことはとりあえず置いといて、普通に校外授業を楽しむとしよう。

「校外授業って泊まりがけだし、修学旅行みたいで楽しそうだよね」

ただ、私はクラスでボッチだし、魔物の群れに襲われる予定だし、よく考えたらなんかいろいろ残念だ。

そういえば、日本にいた時も高校の修学旅行ではボッチだった。

同じ部屋のみんなが男子の部屋に遊びに行っている間、私は一人でさっさと布団に潜り込んでいたくらい。

だってやることなかったし。

枕投げも恋バナも、する相手がいなかった。

……チクショ。

いまの私には、他クラスとはいえマリア様たちやファンクラブのお仲間がいる。

クラスが違うからずっと行動をともにはできないが、高校の修学旅行よりは期待してもバチは当たらないだろう。


そうして迎えた、校外授業の日。

私たちは、王都の外にある森へ向かうべく、馬車に乗って移動していた。

今回の校外授業は、一年生と二年生が合同で行《おこな》う。

戦闘訓練を受けているとはいえ、生徒の中には王都の外へ出たことのない人間も多い。

私たち一年生にとっては、野生の魔物を相手にする初めての授業だ。

魔物討伐《とうばつ》に不慣れな一年生をフォローするため、二年生が監督役として行動をともにする。

　というわけで――

「……ちょっと近いです」

　私の隣に座ったカイル様が、妙に私に引っついてくる。

　いくら馬車の中が狭いからって、ここまで引っつく必要はないよね？

　車内には、私とカイル様の他に、マリア様とティオネ様、そしてカイル様のクラスメイトが一人乗っている。

　彼は特別クラスの生徒で、私が二年生の教室に行った時、カイル様を呼び出してくれたお方である。

　カイル様とこの方が、私たちの班の監督役だ。

　本来なら、同じクラスの人と作った班ごとに馬車に乗る。

　だけど、ボッチな私はどの班にも入れてもらえず、逆にマリア様たちは同じ班になりたい人が多すぎて収拾がつかなくなり――結果、クラスを跨《また》いで、お二人と班を組むというミラクルが起きた。

　素晴らしいミラクル！　超ラッキー!!

　ただ一つ問題があった。

マリア様たちと同じ班になったとはいえ、規定の班人数は八人。

まだ人数が足りず、同じく人数が足りなかったある人たちと合流して一班作ることになったのだ。

そのある人たちというのは、あろうことかカノンと王太子ご一行。

誰もカノンたちと同じ班にはなりたくなかったらしい。

なんとも言いがたい……

ゲームでは、エリカとカノンはもちろん別々の班だったんだけどねぇ？

ちなみに学園の馬車は六人乗りが基本だから、私たちの班は二台に分かれて移動中。

「……はあ」

思わずため息をつくと、隣に座っているカイル様が「どうかした？」と聞いてくる。

話しかけてくるのはいいけど、いちいち耳元でささやくのはやめてほしい。

人前だし、恥ずかしすぎるから！

しかもイケボ！　イケメンボイスすぎて耳にくるんですよ！

息が！　息が耳にかかるし！

なんかゾクッとしちゃったじゃん!!

「な、なんでもありませんわ。オホホ」

笑ってごまかして、足元に置いた鞄《かばん》を胸元に抱き込んで顎《あご》を乗せる。

「仲がいいんだね」

カイル様のクラスメイトが、人のよさそうな笑みを浮かべて言った。

はあ⁉　目が悪いんですか？

どうしよう。この校外授業いろんな意味でカオスだ。

私、まともな精神状態でちゃんとお家に帰れる？

「そ、そういえば、ティオネ様は、あれからロイ様とはどうですの？」

内心の動揺をごまかすべく、私は強引に話を変える。

「そうですわね……最近、ちょっと積極的になりましたわ」

この前カノンと遭遇したあと、ロイ様はそれまでよりも積極的にデートのお誘いやプレゼントをくれるようになったらしい。

はにかみながら教えてくれるティオネ様が可愛い。

二人の仲がうまくいっているのは、私としても嬉しい限りだ。

「俺のおかげだね」

カイル様が、また私の耳元でぼそりとささやいた。

もうっ！　やめてくださいってば！

マリア様たちとはお話ししたい。

でも、そうすると、カイル様に隙を与えてしまう。

このジレンマに耐えられなくなって、私はそっと窓の外へ視線を向けた。

馬車はすでに王都から離れており、景色は木と草地と畑ばっかり。

眺めているとウトウトしてしまい、しばらくして私は意識を手放したのだった。


「……エリ……嬢」

んんっ、誰よ。

いま一番気持ちいいところなのに。

肩を揺さぶられて、イラッとする。

「エリカ嬢、砦《とりで》についたよ」

はい？　砦《とりで》？　なによそれ。

ってか、なんでカイル様が私を起こしに来たの？

……？　カイル様？　砦《とりで》？

私はパチッと瞼《まぶた》を開いて、次の瞬間、令嬢にあるまじき叫び声を上げた。

「っ！　うぎゃあ!?」

気がつくと、隣のちょうどいいクッション——カイル様にもたれて眠っていた。

だから近すぎるって!!

ああ、びっくりした。マジびっくりした。

涎《よだれ》ついてないよね？　大丈夫だよね？

落ちついてあたりを見回すと、窓の外には大きな砦《とりで》がそびえていた。

つきましたね！

王都から馬車で半日。

校外授業の実施場所である森の入り口だ。

この森は、魔の森と呼ばれている。

なぜかって？　魔物が多いから。

グレンファリアでは、普通街中《まちなか》で魔物に遭遇することはない。

フィムのような人に危害を加えないものは別として、基本的に魔物は発見され次第、騎士団や魔法士団によって即座に討伐《とうばつ》されるからだ。

それに、魔物が生まれるのも、好んで生息するのも、自然の多いところだという。

中でも、特に魔物が多い森のことを魔の森と呼ぶ。

この魔の森は、グレンファリア王国には全部で五つ。

ちなみに、暗黒竜が封印されている大陸――暗黒大陸は、全体が魔の森で覆《おお》われている。

魔の森は、そこに生息する魔物のレベルによってランクづけされており、今回私たちが校外授業を行《おこな》うグランの森は、比較的危険度が低いDランク。

暗黒大陸は危険度ＭＡＸのＳＳランクだ。

聖女と勇者たちは、そんなところに向かわされるわけ。

いまの攻略状況を見る限り、王太子が勇者、取り巻きトリオが付き人ってところかな？　しっかりがんばっていただきたい。

あの方たちのことはマジで嫌いだけど、世界の未来がかかっているからね。

破滅エンドを回避しても、世の中には魔物が溢《あふ》れていて明日をも知れない……なんて状況では楽しくない。

私は破滅エンドを回避したあとは、のんびり楽しく暮らしていきたいのだ。

そんなことを考えながら、馬車を降りて砦《とりで》の中へ入っていく。

この砦《とりで》は、森の魔物を監視するために作られたもので、屋上に監視塔がある石造りの建物だった。

まずは、部屋に荷物を置いて食堂でご飯らしい。

半日馬車に揺られていると、結構お腹がすくので嬉しい。

ご飯、ご飯、ご飯♪

私は建物の簡単な見取り図を受け取って、部屋に急ぐ。

私に与えられたのは、角の一人部屋。

嬉しいことにマリア様の隣だった。

マリア様をお誘いして、二人で食堂に行く。

空《あ》いている席に座っていると、カイル様がもうひとりの監督役の先輩と一緒にやってきて、なぜか当たり前のような顔をして私の隣の席についた。

ティオネ様とサラ様も、私たちを見つけてやってくる。

六人掛けのテーブルだから、ちょうどピッタリ。

しばらくすると、料理が次々運ばれてきて、あっという間にテーブルが埋まった。

所狭しと並べられたお皿に、私のテンションは最高潮。

おーいーしーそーうーっ！

木の実や果実のたっぷり入ったパン、野菜スープに、キノコと鹿肉のソテー。

果実の盛り合わせに、キノコパスタと木の実のパスタ。

ムニエルの魚は、川魚かな？

森の幸《さち》だね！

これは……いまだけはダイエットを忘れて堪能するべきでしょう！

わーい‼　いただきまー……ん？

その時、どたばたと複数の足音が近づいてきた。

なんか嫌な予感。

すると案の定、いつもの怒鳴り声が響いた。

「エリカ・オルディス！」

私、断じてなにもしてませんよ？

「貴様に忠告しておく」

やってきたのは、おなじみ王太子とその取り巻き。その少しうしろに、カノンが引っついている。

なぜこの人たちは私のご飯を邪魔するのだ！

なんの忠告だか知らんが、あとにして！

ご飯食べさせて‼

「……忠告、ですか」

私は心底鬱陶《うっとう》しく思いながら聞き返す。

「そうだ！」

はあ。メンドイ……ッ！

どうやったら速やかにお引き取りいただけるかと考えていたら、カイル様ともうひとりの先輩が、王太子たちを無視して食事をはじめた。

え⁉　ちょ、ちょっと！

鬼だ。鬼がここにいます。しかも二人も‼

……ひどすぎるっ！

私はバカどもに邪魔されてまだ食べてないのに、なぜ先に食べ出すかな？

あんたらには優しさとか気遣いとか遠慮とか、そういったものがないのか！

マリア様とティオネ様、サラ様は、食べずに待ってくれているじゃないか！

あんたたちには、人の心がないのか？

「ん？　エリカ嬢たちも食べないと、時間がなくなるよ？」

呆《あき》れて見つめていると、私の視線に気づいたカイル様が口を開く。

「や、まあ、そうなんですが……」

ちらっ、と王太子たちを見る。

「貴様！　私が話しているというのに、またも食事を優先するつもりか！」

ですよねー。

前回の学園の食堂でのことを思うと、同じことをしたらさらに時間を取られそうだ。

私はしぶしぶ王太子の相手をすることにした。

「いったいどういったご忠告でしょう？」

手短にお願いしますね！

手短にね!!

すると、王太子は腕を組んでえらそうに言った。

「この授業は、カノンが聖女になる上で非常に重要なものだ。だから邪魔をするな」

はあ？　なにそれ。

「もとより邪魔をするつもりなどございませんでしたが、かしこまりました。用件はそれだけですか？　だったらもうよろしいですね？」

私はいそいそとフォークを手に取る。

さってと、なにから食べるかなー？

「ふんっ！　口だけならなんとでも言える！　……貴様などが聖女になれるはずないのだ。もしカノンの邪魔をするようなら、私はなんとしても貴様をこの学園から追い出してやる！」

はいはい。だからしないっての。

そう思いながら、フォークをお肉に突き刺す。

「聞いているのか！」

フォークを持った手を叩かれて、お肉がポロリとテーブルの上に落ちてしまった。

――もう許せない。

食べ物の恨みは恐ろしいんだよ！

ただでさえこっちはお腹ぺこぺこで気が立ってるんだってての！

「聞いておりませんわ。聞く意味がございませんもの」

「なんだと！」

「そもそも、なぜ私がカノン様の邪魔をする必要がありますの？」

「それはカノンが……」

「聖女候補だからですか？　そして私もそうだからですか？　自分が聖女に選ばれるためには、カノン様が邪魔だと？」

私は心の底からバカにして鼻で笑ってやる。

端《はた》から見ると、これぞ悪役令嬢って感じかも。

エリカの顔立ちって、もともとキツめだしね。

「カノン様は、聖女候補といってても平民ですよ？　私は侯爵令嬢です。母は公爵家の人間で、私には王族の血も流れています。叔父《おじ》は教皇です。どう考えても私のほうがずっと有利ですのに、なぜカノン様の邪魔をする必要があるのですか？　――逆ならあるかもしれませんが？」

そう言ってカノンを見ると、彼女は唇を噛んで私を睨《にら》んでいた。

私が本気で教会の聖女になりたいと思えば、権力にものを言わせればすむ話だ。

暗黒竜の封印を修復する本物の聖女と違って、教会の聖女はあくまでお飾りなのだから。

「……それとも、これは忠告と言いつつ、脅《おど》しなのでしょうか？　殿下は私に、カノン様よりよい成績を取るなとでもおっしゃりたいので？」

教会の聖女は、宗教を象徴するイメージキャラクターのようなもの。

だから、品行方正で慈悲深い、いかにも聖女って感じの人が選ばれる。

もちろん成績優秀であることも重要で、カノンとしてはこの校外授業で活躍してポイントを稼ぎたいはずだ。

「誰もそんなことは言っていない！」

「そうでしょうか？　ですが、そう取られてもおかしくないと思いますが？　カノン様の邪魔をするなだなんて。幼い頃より、あらゆる分野の教育を受けているのですから、私がカノン様よりもいい成績を取るのは当たり前のことですわ。ですが、それも邪魔をしているといえばそうですわよね？」

エリカが家庭教師に教えられてきたのは、マナーや勉強だけではない。いざという時に戦えるよう、剣技や護身術だって一通り習っている。

平民であるカノンとは、年季が違うのだ。

王太子はなにも言い返せないようで、歯をぎりぎりと噛み締めている。

「……これで、二度目ですわね」

わざとらしくため息をついて、私は王太子に向き直った。

「以前も身に覚えのない罪を着せられて、その上荷物を無断であさられました。それでも黙っていたのは、あなたがこの国の王太子だからです。ですが、二度もこのような辱《はずかし》めを受けたのでは、黙っていられません。これ以上は、私だけでなく、オルディス侯爵家に対する侮辱になりますわ。父に報告させていただきます。オルディス侯爵家として、正式に抗議をさせていただくことになるかと思いますので、いまから言い訳を考えておいたほうがよろしいかと」

にっこりと笑って言うと、王太子たちの顔色があきらかに変わった。

ふんっと鼻で笑ってから、私はカノンに目を向ける。

「それからあなたは、もう少しご自身の身分をお考えになられたほうがよろしいですわよ？　いくら学園が生徒の平等をうたっているとはいえ、侯爵家の令嬢に平民が言いがかりをつけるなんて、本来なら許されないことですから」

「貴様！　カノンを脅《おど》すつもりか！」

王太子が目を吊り上げて怒鳴る。

「いいえ？　ただ事実を伝えただけですわ。さ、もうよろしいですわよね？　あなた方も早く席につきませんと、食事を取り損ねますわよ？」

私はそう言って、さっさとフォークを握り直した。

「あーっ！　腹立つっ！」

あのクソども、まったくうざいったらありゃしない。

売り言葉に買い言葉でついやらかしちゃった気がするけど、仕方ないよね。

王太子とカノンたちは、結局ご飯を食べることなく食堂を出ていった。

食事を終え、私はイライラしながら与えられた部屋のドアを開けた。

『――ご主人様』

部屋に入るなり、頭の中に声が響く。

聞き慣れたその声はフィムのものだ。

使い魔は、主人の影に潜《ひそ》むことができるらしい。

クロは邸《やしき》でお留守番しているが、念のためフィムにはついてきてもらった。

影に潜《ひそ》んでいる間、フィムは眠っていることが多いという。

だからこうして話しかけてくるのは珍しかった。

私はうしろ手にドアを閉めながら首を傾《かし》げる。

「どうかした？」

『変な臭いがします』

「変な臭い？」

私はくんっと鼻を鳴らして臭いを嗅《か》いでみる。

だが、なにもおかしな臭いはしない。

「なにかしら？」

なにか臭うようなものがあっただろうか。

私は部屋の中を見回して、「あ」と声を上げた。

「これじゃない？」

部屋の隅《すみ》にいくつかの武器と小さな袋が置いてある。

魔物の討伐《とうばつ》に使用される武器と道具だ。

砦《とりで》の兵士たちが用意してくれたもので、私たちが到着してすぐ、それぞれの部屋に配られていた。

私はその中から、小さな袋を持ち上げてみせる。

鼻を近づけてみると、かすかに甘い臭いがした。

魔物避《よ》けの香と呼ばれるものだ。

魔物が嫌がる臭いを発しており、特に嗅覚の鋭い獣型の魔物に効果がある。

この砦《とりで》の先に広がる魔の森には、黒狼《こくろう》と呼ばれる狼《おおかみ》の魔物が多く生息している。

生徒には荷が勝つ魔物なのだが、彼らの縄張りは森の奥深く。

今回の訓練で入る森の浅いところでは、まず遭遇することはない。

ただ、万が一ということはある。

そのため、生徒にはこの香が配られているのだ。

『それ、です』

頭に響くフィムの声が、微妙に震えている。

魔物避《よ》けの香って、スライムにも効果があるのかしら。

だったら、私は持たないほうがいいかもね。

「魔物避《よ》けの香なんだけど、嫌な臭いなの？　窓の外に捨てたほうがいい？」

『捨てたほうがいいです。でも、嫌な臭いじゃないです。魔物避《よ》けっていうか、むしろ嗅《か》ぐと興奮するというか、すごく気になる臭いです』

フィムの言葉に、私は眉をひそめた。

興奮する臭い。

気になる臭い。

フィムの言葉からするとこれは――

私は部屋を出て、隣のマリア様の部屋をノックする。

出てきたマリア様にお願いして、彼女が持っている魔物避《よ》けの香を見せてもらった。

軽く臭いを嗅《か》いで、確信する。

マリア様の部屋に用意されていた香と、私の部屋にあった香はまったく別のものだ。

なんの説明もせず、「ありがとうございました」と香を返した私に、マリア様は怪訝《けげん》な顔をする。

けれど私は、なにも言わずに頭を下げて自分の部屋に戻った。

――私に配られたのは、魔物避《よ》けの香ではなく、魔物寄せの香だ。

香が各部屋に配られたあと、私が食堂にいた間にすり替えられたのだろう。

ちらっとドアを見る。

私が食堂から帰ってきた時、この部屋の鍵はかかっていなかった。

部屋に荷物を置いた時点では、まだ鍵を受け取っていなかったからだ。

鍵は食堂で生徒全員に配られた。

貴重品は持ち歩くように指示されていたし、全員が食堂に集まっていれば、誰かが入り込むこともないはず。

けれどあの時、食事の途中で食堂を出ていった人間がいた。

「……あいつらっ」

私は唇を噛んで、大股で窓辺に近づいていく。

やってくれるじゃない！

「どういうつもりよ」

これは完全に嫌がらせの域を越えている。

「こんなの持って魔の森に入るなんて、自殺行為じゃない！」

言いながら怖くなった。

窓を全開にして、袋の中身を捨てる。

風に乗り、細かい粉末が空に舞って消えた。

十五

……落ちつかない。

めちゃくちゃ落ちつかない。

というか眠れない。

フィムがいなければ、香がすり替えられたことに気づかないまま、魔物に襲われていたかもしれない。

そうしたら――

……死。

ぞくりと背筋が震えた。

冗談じゃない。

せっかく破滅エンドを回避できそうなのに。

ロイ様もカイル様も、いまのままいけばカノンに攻略される確率は低いと思う。

ハーレムエンドは阻止できそうだし、皆に死刑を望まれるほど嫌われてもいない。

なのに今度は、カノンに命を狙われるの？
エリカ・オルディスは、どうあっても死に向かう運命だとでもいうのか。
「……冗談じゃないっ！」
私は枕を力任せに放り投げる。
枕は部屋の窓に当たって、床に転がった。
はあ、と息を吐いて、床に落ちた枕を拾う。
顔を上げると、木々の間から漏れてくるかすかな陽光が目に入った。
引き寄せられるように窓辺に向かい、窓を開けた。
朝の少し冷たい空気が気持ちいい。
眠れないまま、夜は明けようとしていた。
「散歩でもするかな」
ちょっと外に出て、歩きたいと思った。
「フィム、散歩に出ましょう。影に入ってくれる？」
黙って私を見守ってくれていたフィムに声をかけ、部屋の外に出る。
砦《とりで》の出入口には、見張りの兵士たちがいた。
私は彼らに見つからないよう、いったん食堂に入り、窓から砦《とりで》を抜け出してこそこそと森に入る。

とはいえ、あまり奥に入るのは危険だ。

私は砦《とりで》から見えない程度に、けれどあまり離れないように気をつけながら森を歩く。

緑の葉が朝露《あさつゆ》に濡れてキラキラと光っている様《さま》はすごくキレイだ。

木々の隙間からこぼれる朝日が、森の中をほのかに照らしていてとても幻想的。

気づけば私は、鳥の囀《さえず》りに誘《いざな》われるように、森の奥へ奥へと進んでいた。

その時、私は森の異変に気づいた。

……鳴き声が、やんだ？

ついさっきまで聞こえていた鳥の声が、いつの間にかピタリとやんでいる。

立ち止まった私の足元を、数匹の野鼠《のねずみ》の群れが駆け抜けた。

「きゃっ⁉」

ふいに聞こえた羽音に顔を上げると、驚くほど多くの鳥が森の外へと飛び立っていくところだった。

「ねぇ、どうしたの？」

足元を通りすぎようとした鼠《ねずみ》に声をかけてみるが、彼らは私のことなど意に介《かい》さず、慌てた様子で森の外へ走り去っていった。

『変ですね』

フィムの言葉が頭に響く。

『大変、大変、大変』

鳥たちが口々にそう言いながら飛び去っていく。

森の奥からは、鼠《ねずみ》だけでなく兎《うさぎ》やたぬきなどの野生動物が走ってくる。

「ちょっと待って！　いったいどうしたの？」

私は草むらから飛び出してきた兎《うさぎ》を捕まえて問い詰めた。

周りが見えていなかったのか、あっさり手の中に収まった兎《うさぎ》は『ぎゅー！』と叫び声を上げる。

「ごめんなさい。危害を加えるつもりはないの！　ただ、どうしたのか教えてほしいだけなの！　お願い、逃げないで！」

そう頼んでから、そっと手を離す。

兎《うさぎ》はまだ警戒した様子ながらも、ぱちぱちと目をしばたたかせて私を見上げた。

「皆、森から逃げ出しているように見えるわ。なにがあったの？」

『……言葉、ワカル？』

「ええ」

る？」

『大変なの！　森の主《ぬし》のコドモ、ニンゲン、傷つけられた。主《ぬし》、怒ってる！』

「森の主《ぬし》？　……ええと、森の主《ぬし》の子供を人間が傷つけたの？　それで森の主《ぬし》が怒ってる？」

コクコクと兎《うさぎ》がうなずく。

「それで、その人間は？」

『主《ぬし》怒った。だからニゲタ。主《ぬし》怒ってる。ニンゲンミツケル。コロス』

「……まずいわ」

何者かはわからないが、森の主《ぬし》はその人間を探して報復するつもりだ。

さっさと犯人を見つけて怒りを収めてくれればいいが、そうでなければ、森の周辺すべての人間が襲われる。

これがイベントで魔物の群れが襲ってくる原因なの？

それにしては、規模が大きすぎる。

森中の魔物が襲ってきたら、学生と引率の教師、砦《とりで》の兵士だけではとても太刀打《たちう》ちできない。

「その主《ぬし》の子供は？　どの程度の怪我かわかる？　まだ生きてるの？」

『血いっぱい』

そう言って兎《うさぎ》はブルリと身体を震わせ、身を翻《ひるがえ》した。
小さな身体があっという間に草むらへ消えていく。
私は兎《うさぎ》のことは諦《あきら》め、「ねえ！」と空に向かって叫ぶ。
「誰か知ってたら教えて！　森の主《ぬし》の子供はどこにいるの？」
『泉』
『森の中心』
『翡翠《ひすい》の泉』
鳥たちが口々にそう教えてくれた。
それらの鳥たちも皆、一様に森の外へ逃げていく。
『ご主人様……』
フィムが心配そうに話しかけてくる。
森の主《ぬし》の怒りを鎮《しず》めるには、主《ぬし》の子供を助けるしかない。
それでも人間を許してくれるかどうかはわからないけれど。
「癒《い》やしの力があるんだから、やってみるしかないよね？」
正直めちゃくちゃ怖いけど。
「フィム、行くわよ！」

私は逃げてくる動物たちに泉の場所を尋ねながら、森の中心に向かって駆けた。

森の奥へ進んでいるのに、運がいいのか悪いのか、魔物に出会うことはない。

——皆、主《ぬし》のもとに集められてるんだ。

だから出くわさない。

私は息を切らしながら走って、走って、やがて翡翠《ひすい》色に輝く泉にたどりついた。

そのほとりに、なにかが倒れている。

……白い、獣？

そのそばには、巨大な白い虎《とら》が佇《たたず》んでいる。

あれが森の主《ぬし》だろうか。

その虎《とら》を見たと同時に、なぜか私は、それがメスだと思った。

私は静かにその虎《とら》に近づき、喉から声を絞《しぼ》り出した。

「人間があなたの子供を傷つけたと聞いたわ。ごめんなさい。だけどお願い、私にその子を助けさせて」

虎《とら》は驚くほど静かに私を見た。

体長は二メートルくらいあるだろうか。

毛は真っ白で、瞳は目の前の泉とまったく同じ翡翠《ひすい》色だ。

「我が子を助けると申すか、人の娘よ」

白い虎《とら》が発したのは、人の言葉だった。

私は動物たちの言葉がわかるけれど、それとは違う。

彼女の言葉は、この世界の人間が使う共通語だ。

「あなたは人の言葉が話せるの？」

「永《なが》く生きていれば、しごく当然のこと。まして、妾《わらわ》は選定者であるゆえ」

「……選定者？　あなたはこの森の主《ぬし》ではないの？」

私は少しずつ虎《とら》たちに近づいていった。

彼女は動かず、私を静かに見つめているだけだ。

いや――

「動けないの？」

白い虎《とら》の四肢には、地面から伸びた蔦《つた》が絡まっている。

そのため、彼女は倒れた子供のもとに近づけないようだった。

「妾《わらわ》はこの泉の守護者にして、試練の選定者。この泉から離れることも、我が子のために力を使うことも許されぬ。森の主《ぬし》は我が夫のほうよ」

「……そう。じゃあ動物たちが怒ってるって言っていたのは、あなたの旦那さんなのね。

あなたは怒ってはいないの？」

「怒りはしない。これは仕方のないことだ。コレは生まれるはずのなかった、呪われた子。それゆえ、本来なら自然から得られる微量のエナですら取り込むことができぬ。成長せず、戦う術《すべ》も持たぬ子供だ。いずれこうなる運命であった。……哀《かな》しく憐《あわ》れなことだが」

私は倒れた子供に目をやる。

子供は、母親と同じ白い虎《とら》の形をしていた。

よく見ると、灰色の毛も混じっている。

子供の傍《かたわ》らに膝をついて、その身体に触れてみた。

「でも、まだ生きているわ。かすかだけど、息をしてる。ねぇ、癒《い》やしの魔法を使ってもいい？」

ふわふわの毛並みをそっと撫《な》でた。

その毛には、乾いた血がところどころにこびりついている。

「……無駄じゃ」

「そんなの、やってみないとわからないわよ！　『ハイヒール』！」

私が治癒魔法を唱えると、淡《あわ》い光が主《ぬし》の子供を覆《おお》う。

すると、みるみるうちに傷が塞《ふさ》がっていく。

なのに子供は倒れたまま、ピクリとも動かない。

「……なんで？　『エキストラヒール』！」

私は上級魔法を発動した。けれど、子供はぐったりしている。

「どうして……怪我は治ってるのに！」

「じゃから言うておるであろう。無駄じゃと。魔物はその身体も生命も、エナで形作られておる。その子は血とともにエナを流しすぎた。もうエナが残っておらんのじゃよ」

小さく首を横に振って、彼女は翡翠《ひすい》の瞳を我が子に向ける。

「この子が呪われておらねば、あるいはそなたの魔法で助かったやも知れぬ。じゃがこの子は助からぬ」

「……そんな。呪われてるって、どういうこと？」

私はその場に座り込んで、小さな獣の身体を抱えた。

人間からは、常に余分なエナが流れ出ているとフィムが言っていた。

こうして触れていると、わずかだがエナが流れ込んでいくはずだ。

「……無駄じゃ、その子は外からエナを取り込めぬ」

静かな、苦悩を含んだ声が響く。

「じゃあどうしたらいいの？」

私は途方に暮れて、座り込んだまま動けなくなってしまった。

そんな私の耳に、そう遠くない場所から獣の声が聞こえてくる。

何度も何度も響く狼《おおかみ》の遠吠え。

それに続いて、地響きさえしそうな足音が轟《とどろ》く。

「夫が動き出したか。娘、命が惜しければしばらくここにいるがよい。いま戻れば巻き込まれよう」

「……いったいどれだけの数が？」

まるで魔物の氾濫《はんらん》のようだ。

「ふむ、数百ほどかの。これでもすべてにはほど遠いぞ？」

耳をぴんと立てて白い虎《とら》が言う。

彼女の言葉に、私は肩を震わせた。

砦《とりで》にいる人間は、兵士と教師、生徒を合わせても百人に満たない。

ましてその半数は、実戦をろくに知らない学生だ。

学院の生徒は、それなりに魔力もあるし、魔法だって使えるとはいえ……

こんな数相手じゃ、どうしようもないじゃない！

私がそう思って震えていると、腕の中の身体がピクリとわずかに身じろいだ。

瞼《まぶた》が少しだけ開いて、母親のものとは違う金色の瞳が覗《のぞ》く。

魔物たちの遠吠えに反応して、薄い灰色の毛が混じった耳をピクピクとそばだてている。

だけど、その動きはあまりにも弱々しい。

……いまはとにかくこの子を救うことが先だ！

だけど、どうしたらいいんだろう。

エナを取り込むことができればいいんだよね。

失ったエナを補充すれば、きっと助けられるはず。

でも、どうやって？

考えろ、考えろ、私！

魔物にエナを与える方法を。

『ご主人様……』

気遣うようなフィムの声が頭に響く。

その声を聞いて、私ははっと気づいた。

使い魔契約を結んだ私とフィムの間では、エナの受け渡しが自動的に行《おこな》われている。

たとえフィムと物理的に離れていても、エナの受け渡しに影響はない。

ということは、主《あるじ》から使い魔へ流れるエナは、外部からエナを取り入れる時とは違う形で魔物に吸収されるのかもしれない。

だったら、この子と使い魔契約を結べば、私のエナを分けてあげられるかも！

「……お願い！　あとでちゃんと契約を解除する方法を調べて、解放するから！　だから……っ！」

私は腕の中の小さな獣に、必死に声をかける。

「だからお願い！　いまだけは受け入れて!!」

白い獣。虎《とら》。

——白い虎《とら》の王。

この子が立派に成長したら……

「……白王《はくおう》！」

獣の頭に手を乗せて叫ぶ。

その瞬間一気に力が抜けて、くらりと目眩《めまい》がする。

地面に倒れる寸前で、傾いた私の身体を誰かの腕が受け止めた。

白くて長い髪が、ファサっと私の顔に落ちてくる。

私を見下ろしているのは、金色の瞳。

腕の中にすっぽり収まっていたはずの小さな獣は、なぜか人の姿になっていた。
しかも立派な青年の姿になって、私を抱きかかえている。
ちょっと大きくなりすぎてない？
……しかも結構なイケメンだわ。ヤバイ。ちょっと好みかもしれない。
カイル様もイケメンだけど、彼とはまた違った系統のイケメンだわ。
あっちが正統派の王子様なら、こっちは魔王？
ちょっと影のある悪役系だ。
長い白髪に、切れ長の金色の目。
なぜかえらいイケメンに変身した白王は、ペロリと私の唇を舐めた。
ふえっ？
「助かった。ご主人」
ひゃあああっ！　声もヤバイ！
やたら色気があるといいますか！
ってアレだ！
私が好きだった声優さんと、めちゃくちゃ似てるんだ！
どうしよう。

いまそんなこと考えてる場合じゃないのに。

赤面しちゃうんですけど。

「……決めた。母、オレはご主人と番《つがい》になる」

はい？　え？　番《つがい》？

私は意味がよく呑み込めなくて、白王の顔をボンヤリと見つめていた。

そんな私の顔に、白王のキレイな顔が近づいてくる。

――そして、私の唇に柔らかいものがそっと触れた。

……へ？

これって……もしかして、もしかしなくても……

キス？

えーっと、その、ファーストキスなんですけど？

マジか……なぜこうなった。

一応私も女子だから、初めてのシチュエーションとか、それなりに夢見たりしてたんだけどね。

コレはありえないっ！

ないったらない！

文句の一つや二つ、言ってやりたいところだ。

けれど……身体が、動かない。

力が抜けて、口を動かすこともできない。

じっとこちらを見ていた母親の白い虎《とら》が、喉を震わせて笑いはじめる。

「……ククク っ、使い魔契約とは。無知ゆえの暴挙ではあるが、無茶をする」

ん？　なんですと？

「そなたの年齢では、まだ使い魔契約を許されておらぬはず。本来ならその存在を知らされてすらいないはずだ。使い魔契約とは、命の危険を伴《ともな》うものじゃからな。知らなかったのであろう？　そなたのエナが規格外に多かったからよかったものの、他の人間ならエナを失いすぎて死んでいるところじゃわ」

「……へ？」

なにそれ。

私、結構危ない橋を渡ってたってこと？

おおぅ、ガクブル。生きててよかった。

「しかも、本来成長するはずだった分まで一気に補《おぎな》うとは……生きておるほうがおかしいわ」

生まれ持ったエナだけで生きていた白王は、ずっと子供のまま成長が止まっていたということだろう。

きちんと外部からエナを吸収して成長していれば、すでに立派な成獣だったのだ。

でも、そっか……私の魔力量って規格外なんだ。

だけどエリカの魔力はカノンよりも少なかったはず。

ってことは、これは自称神様のくれたチートなのかな？

まあこれで、エリカが使い魔契約について知らなかった理由がわかった。

人間の魔力は、だいたい十八才前後で量が安定する。

だから、それくらいの年齢になったら教えられるってことじゃないかな？

たぶんだけどね。

「とはいえ、おかげで我が子は助かったようじゃ。礼を言わねばの」

彼女の姿が溶けるように霞《かす》んで、一瞬で白い霧になった。

そのあとすぐに超絶美人が現れる。

白い髪に翡翠《ひすい》の瞳。

くびれた腰に、しっかり膨らんだ胸。

緩く波打つ髪は、膝に届くくらい長く、しっとりと濡れた紅《あか》い唇はわずかに開いている。

うわっ……！

なんか派手！

スッゴいゴージャス美人だ。

「我は聖獣。四聖獣《しせいじゅう》の白虎《びゃっこ》。聖獣は魔物であって、魔物であらざるもの。古《いにしえ》の魔法の管理者にして、聖女の選定者である」

そう言われて、私は唐突に、この森で起きるイベントのことを思い出した。

ずっとなにか忘れている気がしていた。

それは、聖獣のことだったんだ！

この森には秘密がある。

ここは魔の森であり、その奥にあるのは聖域。

そしてそこには、聖獣――白虎がいる。

これは、教会の上層部や王族など、ごく一部の者だけが知っている秘密だ。

『クラ乙』第一部の恋愛編が終わり、聖女に選ばれたカノンが古代魔法を受け取るため、最初に訪れる場所。

そのことを思い出すと同時に、『クラ乙』の設定がいくつか頭をよぎる。

えーっと、確か……

「娘よ。泉に手を浸《ひた》すとよい」

白虎の声で思考が遮《さえぎ》られる。

「あの、でも……」

動けないんだってば。

身体がとてつもなく重くて、力が入らないんだよ。

「白王よ。主人を泉まで運んでやれ」

「わかった」

うなずいた白王に、私はひょいっと持ち上げられる。

ほえ？　運んでって……！　ええええっ！

おおおお姫様だっこ⁉

イケメンが近いっ！

って、なに考えてんだか私は⁉

混乱しているうちにそっと泉のそばに下ろされて、手を水に浸《ひた》される。

――ヒンヤリしてて気持ちいい。

なんてことを思っていると、突然フワリと身体が温かくなって、ダルさが消えていった。

それと同時に、突然頭の中になにかが流れ込んでくる。

「え？　ちょっ、まさかこれって……」

さっき思い出した『クラ乙』の設定が頭をよぎる。

ヒロインであるカノンは、教会や王家に選ばれて聖女になる。

その時イベントはなくて、ゲームではただ試練を受けたとだけ説明され、あっさり旅に出る。

そのあと聖域に赴《おもむ》き、四聖獣《しせいじゅう》――青龍《せいりゅう》、白虎、朱雀《すざく》、玄武《げんぶ》という聖獣による選定を受け、古代魔法を受け取るのだ。

私が泉に手を浸《ひた》したと同時に頭の中に流れ込んできたものの正体。

それは――

まさかこれ、聖女の魔法じゃないよね!?

私、聖女になる気ないんですけど!?

なのに頭の中には、私の知らない魔法がしっかりと刻まれた。

「娘よ、妾《わらわ》はそなたを聖女と認めよう」

なに勝手に認めてくれちゃってるの!!

間違ってます。違います！

聖女は私じゃなくて、カノンなんだよ！

なにしてくれてんだあああっ！

私は「ちがーっう！」と、思わず大声で叫んだのだった。

不本意ながらも白虎に聖女として認められてしまった私は、獣の姿に戻った白王の背に乗って砦《とりで》へ向かっていた。

……うひぃぃぃー！

口を開くと間違いなく舌を噛む自信があるので、私は叫び声を必死にこらえている。

獣の姿に戻った白王の体長は、軽く二メートルを越す。

私が乗っているというのに、まったく重さを感じていない様子で、ものすごい速度で走っている。

もちろん手綱《たづな》も鞍《くら》もないので、私は白王の首にぎゅっとしがみついているという状態だ。

はっきり言って格好よくはないな。

森の主《ぬし》の怒りは、白王の命が助かったことで治まったようだ。

たまに砦《とりで》のほうから引き上げてきた魔物たちとすれ違う。

ただ、すれ違う魔物たちによると、砦《とりで》にはすでに被害が出てしまっている模様。

しかも一部の魔物が暴走しているらしい。

……それなりの血が出てるってことだよね。

心臓がどくどくと鳴り、頭はパニック寸前だ。

とにかく、大切な人たちの無事を確認したい。

砦《とりで》の少し手前まで来た私は白王から下り、彼には影に潜《ひそ》んでもらう。

白王を連れて戻ったりしたら、確実に皆を混乱させてしまうだろうから。

木陰から砦《とりで》の様子をうかがうと、ちょうど正面の門のあたりで、数人の兵士と教師たちが魔物と戦闘中のようだった。

そのうしろに王太子と取り巻きたちの姿も見える。

彼らの姿を見た時に、なにか違和感があった。

けれどそれがなにかはすぐにはわからず、私は周りを見回しながら、門をくぐって砦《とりで》の中に入る。

砦《とりで》の中は想像以上に被害が大きく、皆パニックになっていた。

頭から血を流し、壁に寄りかかっている者。

ボロボロに破れた服を包帯がわりにして、少女の腕に必死に巻きつける者。

ひたすら泣きじゃくる者。

「なんだよこれ！　なんなんだよっ！」

誰に言うでもなくわめいて、うずくまっている者もいる。

けれどどこにも、私の探している人たちがいない。

がちゃがちゃと鎧《よろい》がこすれる音がしてそちらに目を向けると、抜き身の剣を手にした兵士たちが、一人の教師とともに慌ただしく門の外へと出ていった。

私は、とにかく片っ端から怪我人に治癒魔法をかけて回った。

少なくとも、両手両足の指の数では全然足りないくらいの人数の傷を治した。

それでも身体に感じるのは、わずかなだるさだけなのだから、私の魔力は確かにチートというべき量なのだろう。

そうやって一通り歩き回り、やってきたのは砦《とりで》の裏側。

裏門を出たところで、私は探していた人たちを見つけた。

マリア様とサラ様、ミランダ様。それにファンクラブの人たちが何人かいる。

演劇部の人たちの姿もあった。

ちょっと離れたところにカイル様もいて、兵士らしい男性となにやら言い争っている。

その様子が少し気になったが、ぱっと見た限り誰も大きな怪我をしている様子はない。

私はほっとしながら皆に歩み寄りかけて、足を止める。

ドクン、と心臓が跳ねた。

砦《とりで》の正門で、王太子たちを見た時に覚えた違和感。

その正体に気づいたのだ。

あそこには、王太子といつもの取り巻きたち三人がいた。

でも、カノンはいなかった。

彼女たちは、いつだって一緒に行動していたのに。

立ち止まった私の耳に「邪魔をするな！」と、兵士に怒鳴るカイル様の声が届く。

あんなに余裕のない彼の声を聞いたことはない。

見ると、兵士はカイル様の肩を掴んでおり、彼がどこかに行こうとするのを阻《はば》んでいるようだ。

「私のせいです！　私が足手まといだったから！」

マリア様にすがって、小柄な少女が泣き崩れる。

演劇部の部員の一人だ。

確かカノンの代役として『二人の王女』でティオネ様とヒロインを演じる……

あれ？　ティオネ様は……？

――マリア様たちの周りには、ティオネ様がいない。

私はクラクラと頭が揺れる気がした。

それでも、ティオネ様の無事を確かめるために、ふたたび足を動かしてマリア様たちに近づく。

「エリカ様、よかった。ご無事だったのですね」

私の姿に気づいたサラ様が、ほっとした様子で言う。

「……ティオネ様は？」

問いかける声が震えた。

勘違いであってほしい。

どこか別の場所に避難しているのだと、答えてほしい。

「ティオネ様はどちらに？」

繰り返し問いかけると、マリア様が苦痛をこらえるように告げた。

「森の中に……」

それを聞いた瞬間、血の気が引いた。

「私、ティオネ様と一緒にいたんです。でもなぜか、魔物がティオネ様ばかり狙ってきているようで……」

演劇部の少女の言葉に、私の心臓が跳ねる。

私の魔物避《よ》けの香は、魔物寄せの香に入れ替えられていた。

ティオネ様の香も、すり替えられていたのだとしたら——

「自分と一緒にいると危険だからとおっしゃって、ティオネ様は私から離れ……森の奥のほうにっ……！」

そこまで聞いた私は、森に向かって駆け出した。

カノンはきっと私が邪魔だった。

けれどそれは、私のことだけ？

ロイ様ルートのイベントで、カノンの邪魔をしたのは私だけじゃなかった。

ロイ様に近づき、彼の心を得ようというのなら、カノンが排除したいのは私だけではない。

むしろ私より邪魔なのは、ロイ様の婚約者であるティオネ様。

……なんで！　どうして私、気づかなかったの！

「白王！　魔物たちが多く集まっている場所がわかる⁉」

森に入って人目がなくなったところで、私は影の中から白王を呼び出す。

姿を現した獣姿の白王は、空中の臭いを嗅《か》ぐように鼻先を動かし、「こっちだ」と森の奥を示した。

白王に飛び乗って、森の中を駆け抜ける。

もしかしたら、この魔物の襲撃でさえ、カノンの仕業なんじゃないかと思う。

カノンが白王を傷つけ、森の主《ぬし》を怒らせたのではないかと。

なぜなら聖域に入れるのは、聖属性を持つ者と、その人に案内された者だけだからだ。

『クラ乙』には、確かそんな設定があったはずだ。

白王は聖域の中心である泉のほとりに倒れていた。

聖域の外で瀕死《ひんし》の重傷を負って、あそこまで帰りついたのだとは考えにくい。

とすると、白王は聖域の中で襲われたことになる。

そして、砦《とりで》にいた人の中で、聖属性を持っているのはカノンと私だけ――

白王に乗ってしばらく駆けると、突然開《ひら》けた場所に出た。

真ん中あたりに、ティオネ様が倒れている。

彼女の周りには黒い狼《おおかみ》に似た魔物が群がっていて、いまにも彼女の喉笛に食らいつこうとしていた。

「白王！」

叫ぶと同時に、白王から飛び降りる。

白王は一瞬で魔物との距離を詰め、ティオネ様に噛みつこうとしていた魔物に体当たりした。
さらにその魔物の首に噛みつき、一息に肉を引きちぎる。
噛みちぎった肉を首を横に振って投げ捨てると、白王は雄叫《おたけ》びを上げた。
ビリビリと鼓膜を震わせる音に、私は思わず耳を塞《ふさ》ぐ。
白王に威嚇《いかく》され、周囲にいた魔物たちは尻尾を下げてあとずさっていった。
私はティオネ様に駆け寄り、そっと身体に触れる。
意識はなく怪我をしているものの、彼女はまだ生きていた。
湧き上がってくる安堵感に力が抜けそうになる。
けれど力を奮《ふる》い立たせて、彼女に治癒魔法をかけた。
「フィム、ティオネ様をお願い」
そう言うと、私の姿をしたフィムが現れ、ティオネ様の傍《かたわ》らに膝をついた。
私に擬態《ぎたい》しているのは、人の姿の中で一番慣れているからだろう。
フィムはティオネ様の身体を太腿《ふともも》に乗せるようにして抱き寄せる。
それから私の目を見ると、こくんとうなずいてくれた。
私は立ち上がり、黒狼《こくろう》の群れに向き直る。
白王が私を魔物からかばうように、一歩前に進み出た。

魔物たちは白王に怯《ひる》みながらも、一定の距離を保って威嚇《いかく》し続けている。

……変だ。

魔物は、お互いの力の差に敏感だ。

圧倒的な強者を前にすると、余計な攻撃はせず一目散に逃げようとする。

なのに、黒狼《こくろう》たちは白王を前にしても、逃げ出すことなく威嚇《いかく》し続けている。

その目は血走り、口の端からは絶えず涎《よだれ》が滴《したた》り落ちていて、なんだか普通じゃない。

彼らの周りに、黒い靄《もや》のようなものが見えて、私は眉をひそめた。

……アレは、なに？

黒い靄《もや》は、魔物たちを覆《おお》っているように見える。

その時、私の左側で草むらがカサリと音を立てた。

それを合図にしたかのように、魔物たちがこちらに飛びかかってくる。

「っ！」

恐怖で身体が固まる。

けれど魔物たちは私やフィムには目もくれず、一斉に白王へと飛びかかっていった。

「白お……っ！」

魔物と白王に完全に気を取られた瞬間、突然左側からなにかがぶつかってきた。

目に飛び込んできたのは、淡《あわ》い白銀の髪と、白くて華奢《きゃしゃ》な手。
そして、真っ黒な靄《もや》。
ぶつかられた衝撃で、私は地面に倒れ込む。
「いっ……！」
右のくるぶしあたりに激痛が走る。
倒れた私の上に馬乗りになったのは——カノンだった。
「なんで邪魔ばっかするのよ！」
そう怒鳴りつけられて、私は痛みに顔をしかめながらカノンを見上げた。
その瞬間、ガツンと頬を殴られた。
グーで。
いっ……たい！
痛い痛い痛い！
日本人だった頃も、エリカになってからだって、誰かに殴られたことなんてない。
殴られる痛みに耐性なんてあるわけなくて、行為そのものにも恐怖で身がすくむ。
さらにカノンは、私の首を両手で絞めつけてきた。
「あんたなんて、所詮私の踏み台にすぎないのに！　なんで……っ!?」

苦しい。

細い指が、私の首を絞めつける。

いかにも非力そうな腕なのに、その力はまるで男のもののようだ。

私は苦しさに喘《あえ》ぎながら抵抗するが、カノンの手はびくともしない。

『ご主人様っ！』

焦りを滲《にじ》ませたフィムの声に、助けを期待する。

けれどフィムとティオネ様の前にも、いつの間にか二頭の魔物が立ち塞《ふさ》がっていた。

カノンに視線を戻すと、彼女の姿が二重にブレて見える。

呼吸ができなくて、意識が朦朧《もうろう》としているせいだろうか？

そう思って、すぐに頭の中で否定した。

いや、若干朦朧《もうろう》とはしてきてるけど、違う。

……なに？

カノンに重なるように、うっすらと唇に笑みを浮かべるもう一人のカノンが透《す》けて見える。

もう一人のカノンは髪も瞳も、唇までが黒く、肌だけが雪のように白い。

……こ、れが……バグ？

自称神様の言っていた、世界を変質させるものなのだろうか。

考えてみれば、この世界のカノンは、『クラ乙』のカノンとはなにもかもが違いすぎる。

そんなカノンの言動こそが、『クラ乙』というゲームのシナリオを歪《ゆが》めていた。

それは、この黒いカノンのせいなのだろうか。

「私はこの世界のヒロインなの！　すべては私のためにあるの！　私の思い通りになることこそが、世界の正しいあり方なのよ！」

カノンから言葉が吐き出されると同時に、指に込められた力がいっそう強くなった。

視界が霞《かす》んで、指先から力が抜けていく。

苦しくて、苦しくて、もういっそ諦《あきら》めてしまえば楽になれるような気がした。

だけど頭の中では、やり残したことばかりがぐるぐると巡る。

私、こんなところで死ぬの？

一緒にいたいと思う人たちができたばかりだったのに。

お店だってまだまだこれからで、マリア様たちの舞台だって観てない……

それが頭をよぎった時、絶対に死ねないという気持ちが込み上げてきた。

演劇部の定期公演『二人の王女』。

日生楓だった頃から、生《なま》で見たいと思い続けてきた。

私の夢だったと言っても過言ではない。

「そ……だよ」

私は途切れそうになる意識の中で、唇を動かした。

「私、まだ、観……て、な、い……ん、だから」

死ねない！

絶対、なにがなんでも死ねない！

——私は生きて帰って、お二人の舞台を生《なま》で観るんだからっ!!

そう強く思った瞬間、頭の中に刻まれていた魔法が発動された。

聖獣白虎が司《つかさど》り、聖女に与えるのは『風』の古代魔法。

古《いにしえ》の魔法によって生まれた風は、カノンを覆《おお》う黒い靄《もや》と、彼女に重なるもう一人のカノンを吹き飛ばそうと巻き上がる。

『……ああああぁぁ』

呻《うめ》き声のような、吹き荒《すさ》ぶ風のような『声』がカノンの口から漏れてくる。

「私、私はっ！　ヒロインなのよ！　邪魔しないでよっ！」

私の首を絞める手に力を込め直してカノンが叫ぶ。

「……な、に……がヒロインよ」

この世界は確かに『クラ乙』というゲームをモデルに作られている。

でも、この世界に生きている人間にとって、ここは現実の世界だ。

だから私たちには、自分の人生を好きに生きる権利がある。

少なくとも私はそう思う。

私たちはゲームのキャラクターではなく、自分の意志を持った人間なのだから。

古代魔法によって黒い靄《もや》が引き剥《は》がされるにつれ、カノンの指先から少しずつ力が抜けていく。

私は息を吸うよりも先に、声を紡いだ。

「ヒロインだからって、世界があんたのものってわけじゃない！　ヒロインだからって、ヒロインを演じる必要なんてない。好きに生きればいい！　――でも、いまやってることは本当にあんたの望んだことなの？　誰のものでもない、自分自身の意志なの？」

『「う、るさい！　黙れ」』

カノンの声と、もうひとりの黒いカノンの声が重なって聞こえてくる。

「黙らないわよ！　いい加減お前はカノンから出ていきなさい‼」

風が勢いを増して、とうとう黒い靄《もや》をカノンから引き剥《は》がした。

もうひとりの黒いカノンが霧散して、風は最後に空高く吹き上がってやんだ。

急に静けさを取り戻した森の中で、私はカノンの目をじっと見つめた。

これまでの険しさはなりを潜《ひそ》め、彼女の瞳はどこか弱々しく沈んで見える。

「エリカ嬢！」

遠くから私を呼ぶ声が聞こえてきた。

冷静さを欠いた、彼らしくない声音がなんだかおかしくて、私はクスリと笑う。

そうして、そのまま瞼《まぶた》を閉じた。

エピローグ

私が目を覚ました時、そこは砦《とりで》の一室だった。

あのあと、カイル様と砦《とりで》の兵士たちが、気を失った私をここまで連れ帰ってくれたのだという。

ちなみに白王とフィムは、彼らが来る寸前でうまく影の中に潜《ひそ》んだらしい。

私が意識を失っていたのは、ほんの一時間ほどのようだ。

大した外傷もなくすぐに動けるようになった私は、教師たちに事のあらましを伝えてから、他の生徒たちと一緒に、魔物の襲撃の後処理を手伝っていた。

それが終わり、皆が各々の部屋に戻ったあと、私はこっそり抜け出して医務室を訪れた。

固く閉ざされたドアの前で、一つ息をつく。

ノックをすると、内側から「どなたです？」と声が聞こえてきた。

「エリカ・オルディスです。失礼してもよろしいでしょうか」

「入りなさい」と聞こえたので、ドアを開けて部屋に入る。

そこは、医療用ベッドが一つと、椅子が二つ置かれただけの部屋だった。

椅子には、女性教師と砦《とりで》の医務官である男性がそれぞれ座っている。

そしてベッドに腰かけるのは、ニコニコと無邪気な笑みを浮かべた少女。

「お姉ちゃんだあれ？」

小さく首を傾《かし》げて、少女――カノンが言う。

「私？　私はあなたのクラスメイトよ」

私は答えながら、医務官を見た。

「具合はいかがですか？」

「見ての通りです。よほどのショックを受けたのか、精神が幼児退行している」

「治るのでしょうか？」

「さて……。こういったものはすぐに治ることもあるし、一生このままということもあります」

「そうですか」

私はうなずいてカノンが座るベッドの傍《かたわ》らに腰を下ろした。

聞けば、森での対決のあと、カノンも気を失っていたらしい。

砦《とりで》に運ばれて、目を覚ました時にはこうなっていたという。

このことを知っている生徒は、まだ私だけだ。王太子たちにも伝えられていない。

ふと、彼らはこのことを知って、どうするだろうかと思った。

願わくば、急に態度を変えず、カノンに寄り添《そ》ってあげてほしい。

私は彼女ととりとめのない話をしながら、そんなことを思った。

しばらくして医務室を出ると、そこにはカイル様が立っていた。

私が出てくるのを待っていたらしい。

彼の顔を見た私は、微苦笑を浮かべた。

私が口を開くより先に、カイル様が言う。

「アレでは聖女になるのは無理だね」

カノンのことは、まだ生徒には公表されていないはず。

なのになぜこの人は知っているのか。

疑問には思うが、なんとなくカイル様なら知っていても不思議じゃない気もした。

「そうでしょうか。案外明日には元に戻っているかもしれませんわ」

自分でもそれはないだろうと思いつつ、言葉を返して歩き出す。

「カイル様……」

「うん？」

砦《とりで》の入口に向かって歩きながら、うしろをついてくるカイル様に視線を向けた。

「少し、散歩しませんか？」

疑問形で投げかけたけれど、答えを待つことなく外へと足を向ける。

砦《とりで》から出ると、そこは先刻までの騒乱が嘘のように静かだった。

木々の隙間からこぼれ落ちる日の光が惨劇《さんげき》の痕《あと》を照らしているが、森から吹いてくる風は穏やかだ。

「……私、が」

「うん？」

「たとえ私が聖女になったとしても、あなたを勇者には選びませんわ」

なぜだろう。頭で考えるより先に、言葉がスルリと口からこぼれた。

まるで、以前からずっと考えていたことのように。

「だって、あなたには他にやることがあるでしょう？」

「うん」

カイル様は静かにうなずく。

私が聖女として封印修復をしなければならないとしても、自分の国に守るべきものがあるこの人を、巻き込むわけにはいかない。

わかりきっていることなのに、どうしてか胸が痛い。

急に様々なことが起こりすぎたせいで混乱して、ちょっと気弱になっているのかもしれない。

そう。きっと、それだけだ。

瞼《まぶた》が熱くなった。

それを悟られまいとしていると、カイル様が口を開く。

「だから、近いうちに国に帰るよ」

なんでもないことのように告げるので、私は驚いて顔を上げた。

「……ずいぶん、早いですわね？」

ゲームでは、カイル様は学園を卒業後に国に帰る。

まだ数ヶ月も先だ。

「さっさとケリをつけて、兄上を国王にしてくる。そしてキミが正式に聖女に選ばれる前に戻ってくるよ」

私は絶句して、次の瞬間、顔が一気に熱くなるのを感じた。

それって、私のことを……

や、違う！　違うから！

カイル様は、ただ早めに王位争いを終わらせて、この国に帰ってくると言っただけ。

そう、それだけのことだ。

なのに、顔が熱くなるのを止められない。

そんなことは意に介さず、カイル様は私の目をまっすぐ見つめて言った。

「だから、戻ってきたら、もう一度、俺のことを勇者候補として考えてほしい」

カイル様が望んでいるのは、あくまでも勇者という立場だ。

うん、そうそう。

別にカノンが選ぶ勇者のように、恋人になりたいと言っているわけではない。

私は沸騰《ふっとう》しそうな頭の中で、必死に自分に言い聞かせる。

「……え、と。わ、かり、ましたわ」

しどろもどろに答えると、カイル様はとても嬉しそうな顔で笑った。

もうホントにやめてほしい。

勘違いしそうになるから。

するとその時、カイル様の手がそっと私に添《そ》えられた。

あれ？

なんだろうこの手は。

こんなふうにされたら、ドキドキしてしまう。

それに、なんだか顔が近いような……

どんどん近づいてくる顔に、なぜか目をつむらなければいけないような気になってしまって、瞼《まぶた》を閉じかけ――

「あ、エリカ様っ！」

背後からそんな声が聞こえて、私は内心でグッジョブ！　と声の主《ぬし》を褒《ほ》め称《たた》えた。

振り返ると、サラ様が向こうから駆けてくるのが見える。

「こちらにいらしたのですね。ティオネ様がお目覚めになられたので、探していたのですよ？　……あら！　申し訳ございません。もしかして邪魔をしてしまいましたでしょうか？」

「いいえ!!　全然邪魔なんかしてませんからっ！　さささっ、行きましょう！　サラ様!!」

くるりと身を翻《ひるがえ》した私を、おかしそうに笑う声が追いかけてきた。

それを無視してティオネ様が休んでいる部屋に急ぐ。

その中は、ファンクラブや演劇部の皆でぎゅうぎゅう詰めだった。

マリア様が私を見て、手招きしてくれる。

私は笑みを浮かべて、彼女たちの——友達の輪に入っていった。

カノンに取り憑《つ》いていた黒い靄《もや》が、自称神様の言っていたバグだったのかはわからない。

けれど一つだけ言えることがある。

私は自分らしく生きるし、大切な人たちのことはなにがなんでも守る。

バグだろうが暗黒竜だろうが、ドンと来い！

大切な人と一緒にいること。

そのために戦いが必要なら、精一杯がんばる。

だってそれが、いまの私が一番したいことだから。

でもとりあえずは、演劇部の定期公演が楽しみ。

それがいまの私、悪役令嬢エリカ・オルディスである。

書き下ろし番外編

エリカの餞別《せんべつ》

私って実は三十路《みそじ》あたりだったりした？

あの校外授業から一週間目の昼過ぎ。私、エリカ・オルディスはベッドの上でボサボサ頭のままそんなことを考えている。

「年を取ると筋肉痛になるのに時間がかかるのよねぇ。だいたい二、三日は遅れてくるのよ。治るのも遅いし」

「は？　なにそれ」

「あんたも三十路《みそじ》あたりになればわかるわよ。あー、だっるう。今日の夕飯簡単なものでいいわよね？」

なんてお母さんがカウンター越しのキッチンでケタケタ笑っていたのを思い出したせい。うん、たぶん。

実際にはあれこれありすぎて頭も身体も麻痺《まひ》していたんだろう。

慣れない乗馬ならぬ乗虎（？）をしたり、魔物やカノンと一戦交えたりした私の身体は、なぜか三日ほど経ってから筋肉痛などの不調を訴え出したのだ。

マリア様やティオネ様、演劇部の皆様にファンクラブの皆様と学園でよくしてくださる皆様が毎日のようにお見舞いに来てくれたから、これはこれでなかなか嬉しい日々ではあったけれど。

マリア様からは、とある裏話を聞かされてちょっと複雑だったけど、ティオネ様からは手作りのフィナンシェをいただけたりしたし、演劇部の皆様からは練習の様子をうかがえた。

ファンクラブの皆様からはマリア様たちのとっておき秘蔵コレクションを貸してもらい、筋肉痛で眠れない夜のなぐさめにした。

「ぐふふふふ……あぁマリア様の王子様、素敵だったなぁ」

寝込んでいる間にパンフに挟む姿絵も完成していて、それはもう素敵に仕上がっていたのだ！　治らなかったら這《は》ってでも行くつもりだったけど、いやあなんとか間に合ってよかった!!

「ようやく！　ようやく待ちに待った生舞台《なま》!!　生《なま》マリア様とティオネ様の舞台っ！」

そう、ついに明後日なのですっ！

演劇部の定期公演！

一時は公演の中止や延期という意見もあったらしいのだが、すでに王都入りしている来賓が結構な数いたこと、生徒たちのためにも明るい話題が必要だろうということで予定通り上演されることになった。

いよいよなのだ。ああ元気になってよかった。ああ幸せ、と身悶《みもだ》える私の膝をてしてしと軽い感触が叩く。

「頭ボサボサでヘラヘラして、気持ち悪いぞっ」

前脚で私の膝をてしてしするクロはこの数日でちょっぴりお腹が膨れたように見える。呆《あき》れ声で気持ち悪いとか言ってるけど、私が体調を崩している間、ずっとそばにいてくれたのだ。ツンデレってやつですわ。ま、動かないのにゴハンとオヤツはしっかりもらってたからお腹ポッコリになってますけど？

「んフン、なんとでも言うがいいわ。私はいま最高に機嫌がいいからね。舞台のあとは打ち上げにも呼んでもらってるし……んん？」

「……あ？　どした？」

クロが訝《いぶか》しげに私を見上げてくるけれど、私はたったいま気づいてしまった大問題に頭が真っ白になり、それに答えるどころではなかった。

だって。だって打ち上げだよ?

せっかくお呼ばれして手ぶらで行けると思う?


餅粉、砂糖、水、片栗粉、こし餡《あん》。

そして苺にブルーベリー、ヨーグルトとクリームチーズ、半分に切ったレモン。

オルディス侯爵家の広い厨房《ちゅうぼう》。

カウンターの上にズラリと並べたそれらを見下ろして、私は改めて材料に不足はなかったかと記憶を探る。

一通りレシピも頭の中で思い描いて、うん、と小さくうなずいた。

白いエプロンをつけてムンっと袖をまくり上げる。いざゆかん！　エリカ・オルディス初のお菓子作り。乙女ゲームや小説では定番の飯テロである!!　なんって日本人だった頃にもろくにキッチンに立つことなぞなかった私に、んなたいしたモノが作れるはずもないんだけど。

正直、味や見た目は普段からお菓子作りをしているらしいティオネ様のフィナンシェには到底敵《かな》わない。けれど確実に珍しいモノであることは間違いない。

乙女ゲームをモデルとするこの世界。ファンタジーで中世ヨーロッパ風な世界だけに洋食や洋菓子に関してはご都合主義的に充実しているが、いわゆる和食や和菓子というモノはほとんど存在しないのである。なのに市場で材料がそろうのはヒロインであるカノンが攻略対象を落とすのにお菓子の差し入れをするというありがちなシナリオのおかげか？　確か、バカたちの誰かに羊羹《ようかん》をあげると好感度が少しあがるというシナリオがあったはず。クッキー、プリン、羊羹《ようかん》の三つがあって、羊羹《ようかん》は課金しないと選べないのだ。現実でもどうやら小豆や餅粉あたりは高級食材だけど、私は金の力で手に入れた。

お金持ちならばド素人のなんちゃって和菓子よりも高級店のお菓子を用意すればいいではないかという話だが、学園に通う生徒は皆様お貴族のお嬢様。一日や二日で用意できる程度の高級菓子なんてのは、それこそ毎日のように食べている。

マリア様たちの素晴らしき舞台の感動を分かち合い、演劇部の皆様を労《ねぎら》うための手土産にそんなありきたりで食べ慣れた代物を出せるか？

かといって、お茶会で奥方たちが自慢するような代物を用意するには時間が足りない。

そこで思いついたのが、高校時代に調理実習で作った苺大福&クレームダンジュ大福である。これならたぶん誰も食べたこともないし、誰の手土産ともかぶらない。何度か家でも作っていたくらいだから、それなりに美味《おい》しかったはずだ。

「さて」

こし餡《あん》作りと材料の下処理は料理長にしてもらっている。

「まず餅粉を鍋に入れて……」

ぐるぐる混ぜながら水を少しずつ加えていく。

「火にかけてぷくっと膨れてきたら一度火から下ろして、砂糖を加えてっと」

ここで一気にでなく、回数を分けて砂糖を加えては混ぜるのがコツだったはず。

しっかり練った生地を片栗粉の上に出して小分けする。

「よっし！」

苺は餡《あん》で包んで生地で包む。

クレームダンジュはクリームチーズとブルーベリーとヨーグルトを混ぜて、レモン汁をちょっぴり加えて丸めて生地で包むっと。

「……かんっせい!!」

形とサイズがマチマチなのはご愛嬌というもの。

それぞれ一つずつ味見をしてにんまりする。

残る大仕事は、この大福ちゃんたちを一つずつラッピングするだけ。

「フィム、留守番よろしく」

昼食を取った私は町に出ることにした。

ココルの皆に差し入れるほど数の余裕はないけれど、クロの友猫コテツちゃんの飼い主であるミーシャちゃんにおすそ分けするくらいはある。

「町も久しぶりだわ」

なんだか空気がすがすがしい。鼻歌まじりに町を歩いていた私だけれど、しばらくして見慣れた光景が少し変わっているのに気づき、足を止めた。

いつかカイル様と立ち寄った公園、視界に入った花壇の花が植え替えられている。

気づけば中に入ってベンチに座っていた。

あの日、花壇で花を植えていた子供たちは今日はいない。

同じようにあの日、私の隣に座っていたカイル様も今日はいない。

あのあと、私は一度もカイル様に会っていない。

国に戻る準備をしていて、すごく忙しくしているとマリア様から聞いた。学園にもほとんど出ていないらしい。

ぼんやりとベンチに座って、花の色が変わった花壇を眺めながら、私はお見舞いに来てくれたマリア様から聞かされた話を思い出す。

「カイル兄は帰国準備で忙しくしてるよ」

何気ないふうを装った言葉に、深く考えずに「そうなんですのね」と返して。

「カイル兄から聞いてるんだ。やっぱりエリカ様は特別なんだね」と、返されて。こちらを見るマリア様の視線に、失敗したと気づいた。

気づかれた。私がカイル様の秘密を知っていることを。

きっと私の顔には動揺がしっかりと浮かんでいただろう。マリア様もそれを見逃す方じゃない。

「エリカ様、カイル兄のこと、とんでもない女好きだと思ってる？」

「……それは」

正直に言うと、思っている。というか。

「思っていましたわ。でも、いまは」

まったくチャラくないわけではないと思うけれども。

「わざと、そう見せていたのではないかと思っています」

「うん。正解」

私と顔を合わせてマリア様はにっこりと笑う。

はぁ、と私はため息をつく。

たとえカイル様が女好きではないとしても、私にはだからどうという話でもない。ない、はずだ。けれどこうしてカイル様とともにいた場所にいると、自分でもよくわからないモヤモヤが胸に湧き上がる。カイル様は相続争いから逃《のが》れてこの国に来たわけで、逃《のが》れなければならない事情があったということで。

「私には」

関係ありませんわ。そう返そうとして、なのに声が出なかった。

「うん。でもちょっとだけカイル兄のこと考えてみてくれたら嬉しいな。とんだおせっかいだけどね。あれでも一応私にとっては従兄妹《いとこ》だから。ごめんね」

「……いいえ」

と、答えたあの時に胸をついた痛みは、ほんの少し感傷的になったとか、その程度のもののはずなのだ。

「んむむ」

すっくと私はベンチから立ち上がった。

早足で公園を抜けてミーシャちゃんのお家に向かう。

ミーシャちゃんに大福を食べてもらったところ、「すっごく美味《おい》しい！」と言ってもらえて、にぱっと笑った口元に粉がついている可愛らしさに、なんだか気が抜けたように楽になった。

定期公演当日。

演劇部の舞台は大成功で、私はといえば目を赤くしながら手が痛くなるほど拍手した。

頬が熱くて、瞼《まぶた》が熱くて感動と感激で胸がいっぱいで、でも頭の隅《すみ》の隅《すみ》の隅《すみ》のほうではチラリと、会場のどこにもカイル様が来ていないということを認識している自分がいた。

もしかしたらもう会えなかったりするのだろうか。このまま一度も会えないまま、気をつけてという一言を言う機会もなく、別れるのだろうか。

その後の打ち上げも、楽しんでいるはずなのに胸のどこかがモヤっとする。

大福は大好評で、皆で笑っておしゃべりしてて、幸せなのだ。なのに。

椅子に座った私の太腿《ふともも》の上には一人分の大福が載っている。

……なんかイラっとしてきた。

いったい全体なんだって私がこの至福の時間にモヤモヤを抱えていなければいけないのだっ。ムカムカするあまり大福を握り潰したくなる。

日本人のもったいない精神がギリギリのとこで歯止めをかけてるけど！

よし。食べちゃおう。

ラッピングを解くべく動かしかけた私の手は、ガラリと扉の開く音で止まった。

そこには疲れた顔のカイル様がいた。

「ごめん。すぐ行かなきゃなんだけど、これだけ。皆でどうぞ」

そう早口で言って、お茶やお菓子の並ぶテーブルの上にマカロンが大量に入った袋を置いた。「それと皆いい舞台だって絶賛してた。おめでとう。お疲れ様」と演劇部の方たちを見回してから部屋を出ていった。

私はその背を追う。

「カイル様っ！」

立ち止まって振り向いたカイル様の手に、少しだけクシャっとなった大福の袋を押しつけた。

「餞別《せんべつ》ですわっ!!」

一瞬だけキョトンとしたカイル様は次の瞬間、なんだかやたらと嬉しそうに目を細めて笑う。

「ありが」

「一応、言っておきますわ！　お気をつけてっっ!!」

「……わかった気をつけるよ。ありがとう」

そう言って踵《きびす》を返したカイル様を見送った私は奇妙な達成感に満ち溢《あふ》れ、胃のムカム力も胸のモヤモヤも消えていた。

ただし、そのすぐあと部屋に戻った私に向けられた生暖かいような、なにか言いたげな皆様の視線に「誤解ですっ！」と叫ぶはめになるのだが。

アルファポリスWebサイトにて
好評連載中!

待望のコミカライズ!

舞踏会の最中に、第二王子カイルから、いきなり婚約破棄を告げられたスカーレット。さらには、あらぬ罪を着せられて〝悪役令嬢〟呼ばわりされ、大勢の貴族達から糾弾される羽目に。今までずっと我慢してきたけれど、おバカなカイルに付き合うのは、もう限界! アタマに来たスカーレットは、あるお願いを口にする。——『最後に、貴方達をブッ飛ばしてもよろしいですか?』

アルファポリス 漫画 検索

B6判/定価:本体680円+税
ISBN:978-4-434-27024-6

RC Regina COMICS
大好評発売中！
転生前から狙われてますっ!!

RC Regina COMICS
転生前から狙われてますっ!!
氷堂れん
一花カナウ
何度転生しても追いかけてくる!?
今世こそは結婚させて!
アルファポリス

RC
Regina
COMICS
大好評
発売中！
訳あり
悪役令嬢は
婚約破棄後の人生を
自由に生きる
1~2
Mitsubi Uduki
原作◆卯月みつび
Ichino Tomizuki
漫画◆富月一乃
アルファポリスWebサイトにて
好評連載中！
ものぐさ令嬢の奮闘ファンタジー
待望のコミカライズ！
とある理由から、王子との婚約解消を目指していた公爵令嬢レティシア。努力が実を結び、見事（？）婚約破棄を言い渡され一件落着……と思いきや、その直後、彼女に前世の記憶が蘇った！　看護師として忙しく働いていた前世の分も、今世では大好きなお酒を飲んでのんびり過ごしたい。そんな思いから田舎暮らしを始めようとしたけれど、なぜか次から次へとトラブルが舞い込んできて——!?
訳あり
悪役令嬢は
婚約破棄後の人生を
自由に生きる
2
悪役の私ですが、
国を救ってみせましょう。
アルファポリス 漫画
検索
B6判／各定価：本体680円＋税

本書は、2018年9月当社より単行本として刊行されたものに書き下ろしを加えて文庫化したものです。


この作品に対する皆様のご意見・ご感想をお待ちしております。

おハガキ・お手紙は以下の宛先にお送りください。

【宛先】

〒150-6008 東京都渋谷区恵比寿4-20-3 恵比寿ｶﾞｰﾃﾞﾝﾌﾟﾚｲｽﾀﾜｰ 8F
（株）アルファポリス　書籍感想係

メールフォームでのご意見・ご感想は右のＱＲコードから、
あるいは以下のワードで検索をかけてください。

アルファポリス　書籍の感想　検索

ご感想はこちらから

レジーナ文庫

悪役令嬢《あくやくれいじょう》になりました。

黒《くろ》田《だ》悠《ゆ》月《づき》

2020年4月20日初版発行

文庫編集ー斧木悠子・宮田可南子
編集長ー太田鉄平
発行者ー梶本雄介
発行所ー株式会社アルファポリス
〒150-6008 東京都渋谷区恵比寿4-20-3 恵比寿ｶﾞｰﾃﾞﾝﾌﾟﾚｲｽﾀﾜｰ8階
TEL 03-6277-1601（営業）　03-6277-1602（編集）
URL https://www.alphapolis.co.jp/
発売元ー株式会社星雲社（共同出版社・流通責任出版社）
〒112-0005 東京都文京区水道1-3-30
TEL 03-3868-3275
装丁・本文イラストー雪子
装丁デザインーansyyqdesign
印刷ー中央精版印刷株式会社

価格はカバーに表示されてあります。

落丁乱丁の場合はアルファポリスまでご連絡ください。

送料は小社負担でお取り替えします。


ISBN978-4-434-27308-7 C0193